白夢《はくむ》の子

上巻

言田みさこ

東京図書出版

女子校特有の問題で悩んだことのある女性のために。
大切なものを失った苦悩の中にいる人のために。
寂しさから生まれ、長年の苦しみが育てた物語だから。

（登場する人物、国等はすべて架空のものです）

白夢の子　上巻 ✣ 目次

第一部

一

森からのひんやりした風に吹かれて、サリーは開け放された小屋の戸口の近くに立っていた。潔癖症の少女の例に漏れず相当怒りっぽく、勝気な薄い唇を引き締め、誇り高い眉の線をきつくしているが、昨日フローラに言われたことを考えているわけではなかった。

「チャーリーが生徒会長に選ばれた後であなたが副会長に選ばれたとき、あなたは辞退したでしょ、サリー。もしデュランが会長に選ばれていたら、あなたは辞退しなかったんじゃないかって、みんな言うもんだから、サリーはそういうことをする人間じゃないわよ、ってあたしは言っておいたけど、ほんとはどうなの？　もちろん、チャーリーよりデュランのほうが、ずっとあなたに合っていると、あたしだって思うのよ。デュランはハイスクール一ステキな人だもの。でもあたしは、断然チャーリーのほうが好きだけどね」

デュランは正義感に満ち、肝っ玉があり、どんなときにも落ち着いてものが言える青年だった。そして学校の成績がトップだ。チャーリーのほうは、成績こそイマイチなのだが、なぜか非常に頭がいい。勘が鋭く、機転がきき、彼と会話していると楽しいと皆が言う。どちらも好青年で、女子生徒達はクラスを越えて、二人を比較・吟味することに余念がなかった。

フローラが、明日彼らが出る野球試合を見に行かない？　と誘ってきたのを、サリーは用があるからと断り、家の召使いイルーネの手伝いをする子供を見繕うために、祖父母についてきてしまった。

サリーはイルーネに切らせたばかりの栗色の髪の中へ手を入れた。物事が気に入らないときや、違和感を覚えるときのしぐさだ。飽き飽きする野球観戦をしながら延々と続くであろうフローラの男子品評から逃れたいばかりに、こんな所へついてきた恥ずかしい、腹立たしい気持ちを、どうにも抑え切れなかった。

「この子はどうかね、おまえ。一番おとなしそうに見えるがな」

祖父母は老眼鏡をかけたり外したりしながら、彼らの前に並べられた三つの『売り物』を品定めしていた。

「幼過ぎるって、イルーネが文句を言いやしないかしら。おやまあ、この子のほっぺたったら、紫かぼちゃのように腫れあがっていること。とんだ悪さをしたに違いないわ」

メルフェノ森のケート・バーダンの店は、何でもかんでもそこにあるといった、大きな雑然とした小屋だった。いささか場違いに感じられる品のいい老夫婦の前には、十歳前後の黒っぽい娘達が、寸法の合わないすり切れた衣服の上に真っ白いエプロンをかけ、履き慣れないためにその上でグラグラする木靴を履いて立っていた。一番大きい子は、自分の主人になるかもしれぬ老人たちを、負けずに上から下へと眺め返しており、気が強そうだが、呑み込みの早そうな敏捷な感じがする。二番目の茶色の肌の子は、連れて来られたときから泣きべそをかいており、べっとりした汚い髪の毛からは臭《くさ》いにおいが漂っている。三番目の七、八歳の子は、赤い愚鈍な口をぽかんと開けて、わけがわからなそうだった。三人に共通して言えることは、器量では決して売れないだろうということ。みんなノボ族なんでございましょうね、と老婦人が聞いたぐらいである。

「あんたは私たちの言葉がわかるの？　あんたはどお？　名前は何ていうの？　洗濯は好き？お料理したことある？」

質問にはみな店の女将が答えた。

「サリー。おまえはどう思う？」

祖母に呼ばれてサリーはためらいながら小屋の中に入り、三人の子供を見た。そこから視線を泳がせて、奥で遊ぶ五、六歳児らを見やり、思わず疑問がついて出た。

「こういう子供達って、どうやって集めてくるのですか？」

「奥地の蛮族らが互いに戦って、女や子供を奪い合うんだよ。奪った女は手元におくが、子供は売り飛ばして米や塩に換えるのさ。そんなのを私らが買うんだよ。男を捕虜にした時ゃ、人質や奴隷にするのさ。売り物になることもあるよ。だいたいザゴボ族が強いやね。ザゴボ族の男達は恐ろしく野蛮で剛健なのさ。ああ、それから、森で拾ってきた子もいるよ」

「拾ってきた？」

「去年だったたか、ダトが深いジャドラ森の中で見つけて、そのまま持ってきちまったのさ。それがリム族の娘だったから、とんだ儲けもんというもんさ」

祖母は真ん中の子供の手を取って、なかなかこれと言った子がいないんだけれど、せいぜいこの子ぐらいかしらねえ、あなた、イルーネにしつけさせたら何とかなりそうなのは、それとも——などとぶつぶつ言った。

開いた戸口からケートの父親らしい老人が入ってきて、そこに立つ白人娘の気分の悪そうな顔色を見やった。倒れるのではないかと思っていると、娘はスッと外へ出て行った。

老夫婦は女将と値段の交渉をした。他にもまだいろいろ買い物があるのに足りなくなってしまう、それなら別の奴隷商人の所へ行って、もう一度選び直さなければならないわ、などと言いながら、茶色い小娘を引き寄せた。

「それじゃ……この子にしましょうか」

「サンダルをおぬぎ」老夫婦の勘定を済ますと、ケートが売れ残った二人に言った。「エプロンもだよ。おまえはまたお客をじろじろ見たね。ひっぱたかれたいのかい？　おまえったら、いつまでも間抜け面をしてるんじゃないよ。こら、エプロンで手を拭いちゃダメだって言ってるだろ。片付けたら早く持ち場におつき」

「誰が買っていったと思うかね？」ケートの父親が言った。「驚くじゃないぞ、あのマーガレット・ホルスさ。ザゴボの荒くれ男以外に目もくれなかったあいつが、リムのちっちゃい赤ん坊を買っていったんだぜ。ヤツめ、煮て食おうって腹なのか知らんが」

「その人は十本のロウソクを倒さずに、鞭でいっぺんに火を消すことができるって、本当かね、とっつぁん」

ケートはそう言いながら、戸口から外を見た。老夫婦が茶色い小娘の手を握ったまま、一頭立ての古い箱馬車のそばに立ってキョロキョロしていた。孫娘がどこかへ行ってしまったようだ。

「夕方、金を持ってまたやってくるそうだ。おまえが数えとるその何倍も入るぞ」

「赤ん坊は大きくして、もっと高く売ろうって魂胆なんだよ、とっつぁん」

ケートは二回目の金勘定に入った。と、外から男の子が駆け込んできて、棚の手桶を引っつかみ、また出ていこうとした。

「お待ち、ピーター！　その手桶で何をしようってんだい。どんないたずらをおっ始めようってのさ。元へお戻し。十一、十二」

「おいら達、穴を掘ってるんだ」

彼は母親のそばへやってきて、興味を引かれたようにその手元を覗き込んだ。

「十五、十六。あっちへお行き。穴なんか掘るんじゃないよ。あとちゃんと埋めておくんだよ」

「埋めるために掘っているんだよ。そしたらね、きれいな街のお嬢さんがやってきたの。ニワースから来たんだって。今にも欲しそうな眼付きだったけど、売れちゃった後だもん、しょうがないよね」

彼は手桶を頭にかぶって、その硬い暗い中を楽しんだ。

「二十九、三十。何が売れたって？　何の話さ」

ピーターは手桶から顔を出した。

「どうしてあんな小さな子が木に縛られているのかって聞くの。

『土が引っかかるから、どいてな』

ってホセが言っても、お嬢さん、ちっともどかないんだ。おいら達大急ぎで穴を掘っていたの。

だって今日限りなんだもん。

『あなた達が縛り付けたの？』

ってお嬢さんがまた聞くから、

『違う』

ってホセが答えたけど、ほんとはおいら達がやったんだ。だって縛っとかないと、リマイマイのやつったら、いつだって小鳥みたいに飛んでいっちゃうんだもん。あいつは歩くより先に飛ぶことを覚えたんだよ」

ピーターが、今度は手桶をお尻に当てようとして落っことしたので、大きな音がして転がった。ぶたれると思って腕で頭を覆ったが、母親は金勘定に両手をふさがれており、ジロリと睨んだだけだった。

ピーターは襟首をつかまれて外へ引っ立てられていった。

「夕方受け取りに来るってのに、全く、このおたんちんたら！」

二

「何をごらんになったんですって？」

夕方、イルーネがサリーの部屋に入ってきて、ランプをテーブルの端に置いた。肩の角ばった女で、いつもまぶたを半分閉じており、黒目の下のほうで人を見る。

「木に縛られた子供。まだ赤ちゃんと言ってもいいぐらいの、小さな子供だったわ」

サリーは机に向かってペンを持っていたが、一向に使う気配はなく、ぼんやりと窓の外へ灰色の目を向けていた。

「お仕置きでも受けていたんでございましょう」

イルーネは鏝《こて》をあてたワンピースをタンスの中に掛け、落ちていた糸くずを拾って大きな黒っぽいエプロンのポケットに入れた。

「穏やかな目をしていたわ。小さな子があんな静かな目をするものかしら。縄で縛られているというのに」

「罰せられても悪いとは思わない子なんでございましょう。お考えになることなぞありません」

「あたりの景色みたいに自然の中に溶け込んでいて、まるでひと休みしているチョウチョといった感じだったの」

襟も袖もないただ四角い袋に穴を開けただけのぼろ服を着て、裸足でいた子供。腕に引っかき傷があって、にじんだ血が固まり、頬にはそこをはたいた人の汚れた手の跡が付いていた。

「ランプをお持ちしましたから、もうカーテンをお閉めしますよ、お嬢様」

言っているそばから、カーテンの勢いよく引かれる音がした。

「森の中というのは、お嬢様ぐらいのお年では誰でもそんな気分になるんでございます。つまらないことに感激するものですよ」

サリーの顔の前でも、シャッ、とカーテンが引かれた。言葉に含まれたあざけりや、行動に込められた苛立ちに慣れることは容易でない。イルーネに心を乱されまいとすれば、サリーはいつもしっかり自分を抑えていなければならなかった。

「縄が小さな体に食い込んでいるというのに、なんて平和な、なんて柔和な表情。毎日の生活にあんな瞳がそばにあったら……もしあいう瞳をいつも見ていられたなら、泣いたり怒ったりすることなんて、何もなくなるでしょうね」

「こちらへいらしてから、ついぞお目にかかったことのないのが、お嬢様の涙でございますのに。もっとも、その分よくお怒りはなさいますけれど。……そうやっていつまでも感傷に浸って、同じことばかり――まあ、ひと目ぼれもようございますが、もう少し大き目のになさったらいかがでございましょうか。せめてブルーゼン様のご子息ぐらいの」

「あの子は女の子だわ。それに奴隷の子で、もう売られてしまっていたの」

サリーはイルーネをひと睨みしてインクの壺にペンを置き、教科書の上に目を落とした。

「奴隷の子ならば木にも縛られましょう。売れてしまった後でようございました。赤ん坊はたくさんでございます。今日来た娘ぐらいになっておりますと、だいぶ楽で、しつけも効き、役にも立ちます。まずは、あまり臭いので鼻をつまんで洗ってやりましたけれどね」

前の小間使いが恋人を作って逃げてしまってから半年になり、ようやく要望が受け入れられて、イルーネは満足している様子だった。彼女の要望が聞き入れられないというのはめったになかったが、金銭的な問題もあり、祖父母は、男手の御者一人、それにイルーネと通いの雑用女だけで十分できるはずだと言って、なかなか重い腰を上げなかった。そのイルーネのうっぷんはサリーの部屋で晴らされた。当たられているとわかっていても、サリーはしばしば癇癪が抑え切れなかった。で、イルーネはそれを見て、せいせいしたように出ていくのだった。

祖父母に引き取られてここへ来たときから、サリーは同情を拒み、信念を持ち、大人の敵意に対して昂然と頭を上げていられる、自尊心の高い小娘だった。イルーネにしてみれば、そういう鼻っ柱の強い生意気な心をかき乱してやるというのは、面白いことだったに違いない。

怒った後では必ず、召使いに怒鳴り散らした自分を恥じ、自己嫌悪に陥る美しい魂の持ち主だとわかっている場合には、なおさらのこと。他のことはどうであれ、計算なく苦しみに没入する魂を、美しいと感じる心がイルーネにあったとは驚きであるが、おそらく若い頃には自分自身もそうだったのであろう。人生の歯車が長年の間に、そんな純真さをずたずたにしていったのかもしれない。

イルーネとサリーの気位の高さは、かち合うことが多かった。すり切れたカーテンを取り替えるのに、イルーネがワインレッドと言えば、老主人たちは逆らう気がなかったのに、突然やってきた小娘がりんとして、ブルーがいいと言った。

「ブルーは人の顔色を悪く見せます」

「ワインレッドは暑苦しいわ」

「ブルーは心寒々しい。ワインレッドこそ、お嬢様を持つ家らしい、気品と落ち着きのある色でございます」

「ブルーは媚のない、気高い色だと思います」

家じゅうのカーテンがブルーになってから、イルーネはサリーを許さなかった。日常生活のこまごましたあらゆることに——例えば、サリーに似合っていると言えない短い髪一つにも、イルーネの復讐が感じられた。サリーはそれをつまらないこととして、必要なときには恐れることなく自分の意見を述べたが、どうでもいいときには黙っていることができた。しかし、まだまだ修業の足りない小娘には相違なく、執拗なイルーネの攻撃には、結局いつも悩まされることになった。

祖父母でさえイルーネの機嫌をとっている。イルーネは奴隷ではない。安い給金で長年働いてくれている貴重なメードだ。今回の十歳位という小間使いの年齢もイルーネの要望であり、祖父母はイルーネが気に入りそうな娘を選ぶことに心を砕いた。そしてちょうど気の弱そうな泣き虫の、つまりイルーネがぶったとしても歯向かってこなさそうな娘を選んできたのだ。

もしあの木に縛られた小さな子がまだ売れていなくて、しばらく考える時間があったなら……そう、サリーは、イルーネが真っ赤になって怒ることなどおかまいなしに、祖父母にねだったかもしれない。あんなかわいい子が自分のまわりにうろちょろしていたら、どんなに気持ちが和むだろう。毎朝そのほっぺたをつついてやれたら、どんなに一日が爽やかに始まるだろう。これは母性愛だろうか。いや、猫のようなペットへの愛情のほうに似ている。なぜなら、その子を育てたいだとか、将来の幸せを願って教育してあげたい、などとは思わなかったから。ただ自分のささやかな楽しみのために、安らぎのために、そこにいたらいいのに、と思うのだったから。

それにしても、あの残酷な状況と子供の静かなまなざしとは、どうしても結びつけて考えられない。つまるところ、自分が何か見間違ったか、勘違いをしたか、偶然のことを大げさに考えてしまったか、そんなところだったのだろう。

「一度ご招待をお断りになるのはご立派な令嬢でございますが、何度もお断りになるというのは、失礼以外の何ものでもございません」

イルーネがまだいた。ドアの横の棚に置いてある花瓶の汚れを布でこすっていた。拭いても落ちない傷であることがわかっていながら、机に向かったサリーの背中を、半眼の下のほうで見下ろしてグズグズするのだ。彼女は、サリーの亡父の友達ブルーゼンの長男のことを話していた。

「彼は、父を裏切った人の息子だわ」

サリーはそう言うと、本と教科書の下からノートを引き出してペンをとった。

「大旦那様もおっしゃいますように、裏切りとばかり決めつけておしまいになるのは、損でございます。ブルーゼン様も、あれは偶然の不運であって、決して自分に企みがあったのではない、とはっきりおっしゃっておられるではございませんか。そして何より大事なことは、あの方が現在お金持ちでいらっしゃるということでございます。そこのところをよくお考えになってくださいまし」

「イルーネ。このお話は、私にはイライラするほどいやなお話なの。お願いだからもう言わないで」

「ご子息のデュラン・ブルーゼン様は、とても出来たお方のようにお見受けいたします」

確かにそうだ。デュランが悪いわけではない。父同士が事業を始め、軌道に乗ってきたころ知り合った。同じ高校に入ったときには二人でよく図書館に通い、肩を並べて試験勉強をしたものだ。無駄口をたたかず勉強に没頭する、二人は似た集中力を持っていた。

　そんな或る土曜の午後遅く、サリーの父親が心臓発作を起こして、そのまま急死した。それだけなら、勘ぐることは何もなかった。

〈ブルーゼンの企てた陰謀だ！〉

と凍り付いたのは、数カ月も経ったとき、心臓発作のたった数時間前に契約した、という保険会社から、父たちの会社に莫大な保険金がおりた、と知ったときだ。サリーの父親には発作を起こすような心臓病の兆候は何もなかった。これは毒を嗅がされたか、盛られたか、あるいは心理戦でやっつけられたか、ともかく何かしらの悪意ある企みから父は殺されたのだ。サリーはそう考えるようになった。父の死によってブルーゼンの会社は飛躍的に大きくなり、ブルーゼンはその会社を独り占め出来た。ブルーゼンが父を殺したに違いないではないか。

　保険会社が徹底的に調べた父の死因は確かに心臓発作だったし、証拠があるわけではないから訴えることはできないけれど、その息子と仲良くしろ、というのは無理だ。デュランがいい青年であろうとなかろうと、そんなことは問題ではない。心情的にできない。それは酷。

　病に伏してしまった母にこそ話さなかったものの、自分の疑いを祖父母に話したところ、全く信じてもらえず、大変失礼な誤解だ、と言われた。

「ミスター・ブルーゼンはおまえのお父さまの親友ですよ」と、祖母に叱られた。「私たちもお目にかかったことがありますが、本当に誠実な方です。それを何です？　悪魔かもしれないですって？　天国のお父さまがどんなに嘆き悲しむことか。おお、サリーや、よく考えてごらん」

　こてんこてんに否定され、一人放心しているところへ入ってきたのが、やはりイルーネだった。あの時ついついぶちまけてしまったことを、どんなに悔いたことか。まだイルーネの性格をよく知らなかった。

　母の病、うつ病が重くなり、父を追うように自殺したのは、父の死後まだ一年足らずであった。両親を亡くしたサリーは、隣村の祖父母に引き取られた。その家には四半世紀以上も祖父母に仕えるイルーネがいた。若くして結婚し、夫が早死にしたため働きながら娘を育てあげ、いまでは孫が遠くにいる。

　イルーネは祖父母と一緒にときどき両親の家を訪ねてきたので、サリーは小さいころからその顔を見知っていたが、彼女がどんな人間かを知るには時間がかかった。同じ家に一緒に住むことになってからも、両親の死、そしてブルーゼンへの疑念で頭がいっぱいで、関心がなかなか召使いに向かわなかった。

「お嬢様は、ご自分が我がままだということはお認めになりましょうね？」

　イルーネは何としてもサリーをやっつけたいようだった。サリーは気持ちをコントロールしよう、冷静でいよう、と頑張った。

「自分が我がままだということはよく知っているわ、イルーネ。でも、私、絶対に進学したいの。デュランに限らず、誰ともお付き合いなんかしたくないの。今は学問にはげみたいのよ」

「大旦那様、大奥様のお年をお考えになって、そのご心痛のほどをお察しなさいませ」

イルーネは今回なぜこんなにしつこいのだろう、とサリーは胃がキリキリするのを感じてきた。

「わたくしごとき召使いがこうして申すのも何でございますが、蛮人の娘一人買うのに半年も渋っておられるお家の財政状態で、お嬢様にたくさんの持参金が望めるとでもお思いでございますか？　ブルーゼン家とのご縁談以上のものは、この先いくらお待ちになってもございますまい。確かにお嬢様はおきれいではございます。が、あまりにご気性が激し過ぎます」

自分の欠点には苦しい思いをさせられる。がっかりしたり、絶望したりもする。直そうと試みるが、いつも直っていないことに打ちのめされる。それを人に指摘されると、怒ったり、克己心が湧いたりするが、実際に自分で認めることは辛い。辛くても認めることができる正直な人間に限って、自分の長所には気づかない者が多く、気づいたにしても、そこに価値を置かないものだ。価値を置いたときには、自分が本当にそれを持っているとは思えない。その長所を伸ばそうとするかもしれないが、それより先に欠点を補おうとする。

サリーの頭がほんのわずかにうなだれたのを、イルーネが見逃すはずはない。ここは少し調子に乗ってもよさそうだ、と考えた。

「この際はっきり申し上げさせていただきます。意地っ張りで癇癪持ち、高慢ちきなご性格は、殿方の大っ嫌いな最たるものでございます。そのうえ、大学にご進学なさるとおっしゃるんでございますか？　亡きお父上の大事なお友達、ブルーゼン様のお申し出ではございませんか、お嬢様。お父上に悪いことをなさったのなら、そんなことなど絶対になさりますまい。遠く逃げて金輪際近づかないでございましょうよ。潔白だからこそ、親を亡くされたお嬢様にお情けをかけようとしてくださっているんでございますよ。伺えば、ご子息のほうだってお嬢様に、まんざらでないお気があるとか。早くお手付けなさいませな。せっかくのめぐり合わせを、みすみす——」

「お願いだわ、イルーネ、私を一人にさせて。勉強がしたいのよ。本ほど私を夢中にさせてくれるものはないわ。この本だって一気に読んでしまいそうよ」

本の中にどっぷりつかり、考え、そこから出てきたときには、世の中が前とは違ったように見える。それは新鮮で、面白くて、一段自分が高まったような気がするものだ。

「そうでございましょうとも。先刻から同じ頁の同じ所を指でなぞりながら、おつむの中はメルフェノ森のくだらない奴隷の子供のことでいっぱいにしていらっしゃる。たいしたお勉強でございますこと」

こんな皮肉にもサリーはよくこらえるようになった。

「早く結婚させて私をここから追い出してしまいたいのでしょう？　私が嫌いなのね、イルーネ」

サリーの反撃に動じず、表情も変えずにイルーネは口を開いて言った。

「お嬢様を愛しております。追い出したいためにご結婚をお勧めしているのではございません」

「愛していないのに愛していると言うことは、罪悪だわ。愛しているのに愛していないと言うより、ずっと悪いことだわ」

「少なくともお嬢様がお母様をお愛しになったぐらいは、わたくし、お嬢様を愛しているつもりでございます」

サリーは椅子を引かずに立ち上がった。椅子が音を立てて後ろに倒れた。怒りに締めつけられ、あとで後悔しそうなことを言うために踏み出した。が、毒づきが成功したイルーネは、フ、と笑ってすばやく身をひるがえし、ドアから出ていった。サリーはそのまま歩いていき、閉められたドアに二つのこぶしを置いて、憤りのために割れそうな額をその上に乗せた。

イルーネは人の心をかき乱さずにこの部屋を出たためしがない。怒らせるためにいたずらに言っただけなのだ。取り合わないことだ。つまらないことで品位を落とさないことだ。そう考えるものの、彼女の皮肉がいつまでも頭に残り、あの頃のことを思い出さずにいられなかった。

うつ病の苦しみにさいなまれる母の姿を見ながら、〈人格が壊されていく〉とサリーは感じた。あんなに人生を楽しんでいた母の素敵な姿が、ベッドから起きるにも椅子から立ち上がるにも顔をゆがめ、うめき声を出さずにドアも開けられない妖怪の影に変わっていったのだ。あっという間に庭に花がなくなった。絵もカーテンも取り外され、部屋にも廊下にも物が何にもなくなった。父の蔵書さえ全部地下室に積まれて本棚には一冊も残らず、長椅子にはレース一枚、クッション一つなくなった。あまりの殺風景さに、サリーは花を買ってきて花瓶にさし、それを母の部屋の机の上に置いた。母はそれを見るや激高した。

「なんなの、これは！」

と、怒鳴って乱暴に花と水を捨て、花瓶を地下室にしまい込んだ。人間らしい匂いのするものがあったのは、サリーの部屋とメードの部屋、メードが働くキッチンと仕事場だけになった。定期的に医者に来てもらい、薬をもらったが、母の症状は治るどころか、悪くなる一方だった。そして終わりのほうでは、母はすっかり言葉を失くしていた。サリーがいたわって話しかけても無表情のまま、何の反応も示さなくなったのだ。母の心と脳は母から離れて先に天国に召されたのかもしれない、とサリーは思っている。

母が首をつって自殺したとき、サリーはその光景におののきながらも、心の中でつぶやいた。

「母の苦しみが終わって、よかった……」

父が死んだときには泣きはらしたが、母の葬儀には涙が出てこなかった。

サリーは頭を起こして机に戻ってきた。勉強をしようとするが、なんだかお腹に力が入らない。へなへなと本の上にうっ伏した。まだ私はイルーネに怒っている？　癇癪？　いや、これは……そうではないようだ。さっきまでは確かにそうだったが、どうも、これは……何だろう。どうしたというのだろう。心臓がドクドクと脈を打っている。針を刺されたようにこめかみが痛い。胸がチリチリと焼け、額がにわかに熱を帯びてきた。

「私はどうしたの？」

息が苦しくなってきた。どうにか立ち上がり、カーテンを引いて新鮮な空気を入れるために窓を開けた。バナナ園の向こうの丘から吹いてくる夕風が、サリーの首に巻きつき、さわさわと部屋の中へ流れ込んできた。庭、樹木、柵、家々、山なみ、空を、薄明るいオレンジ色に染めている広漠とした大気。大きく胸に吸い込んでみる。しかしそれは、まるで度の強いアルコールのように、キリキリ舞いして体の中へ入ってきた。

「だれ？」

サリーは自分の言葉に面食らった。しかし、確かに誰かがそこにいる。誰かがこちらを見ているのを感じる。

「あなたはだれ？」

我知らず胸に手を当て、オレンジ色の大気の中にでもその相手がいるかのように尋ねた。

「なぜ私の心に入り込んでくるの？　私に何をしようというの？」

おかしな言葉が口をついて出た。体の内部の奥深い所からわき上がってくる強烈な衝撃は、混沌として捕らえどころがなく、ただ気を失いそうに激しいばかりで、

〈あの子は誰に買われたのかしら〉

と、頭の中で考えていることさえわからないのだった。

三

ケート・バーダンからマーガレット・ホルスに売られ、その執事のペゴによって、西北海岸の漁村オルトに住むジェームズ・ホルスに届けられた子供は、ドアのわきに立ち尽くして、手招きされても呼ばれても、いっかな動こうとしなかった。

「おまえにわしの世話をさせようというのか、わしにおまえの世話をさせようというのか、あいつのやることときた日にゃ、めちゃくちゃなんじゃわい」

ジェームズはベッドの端に腰をかけ、利き手をひざに置いて困惑顔で子供を眺めていた。

彼は生粋の土着民、すなわち国の指導層であるガーローゴ人種であり、若い頃いち早く建築されたカトリック教会の純朴な信者であった。ところが、血気盛んなころ悪友に誘われて飲んだくれになり、盗みを働くごろつきの仲間に成り下がった。一度改心し、アフリカ系アメリカ人の血の混じった女房をもらって、息子を一人授かったが、そのうち再び、金をみれば酒を買い、どうでも飲まずにいられない悪癖がぶり返した。女房が魚を仕入れて売りに歩いても、そんな金のほとんどを酒に使ってしまうのだった。

ある日のこと、息子が朝出ていったきり帰ってこなかった。一人の村人が、船に忍び込む彼を見たと言う。やがて一つ、二つ、と風の便りが耳に入ってきた。アメリカへ渡り家族を持った、娘たちが生まれた、強盗罪でいま刑務所に入っている等々、嘘か誠か、本人からは何の音さたもない。

女房が働き過ぎで死んだとき、突然、十三歳の孫娘、マーガレットが目の前に現れた。ジェームズは驚き、喜び、俺は改心した、と皆に告げた。またか、と誰も信じなかった。だが、女房の葬式と一緒に自分の葬式もやってもらった。以来彼は生まれ変わり、名も変え、オルト村の『仏のジェームズ』として知られるようになった。今はこのシャートフ長屋の一角で、孫娘の仕送りを受けながら小物細工などをこなし、つましい一人暮らしをしている。

「何が『メードを送る』じゃ。この年になって赤子のめんどうを見にゃならんとは、わしもよくよくついておらん」

ブツブツ言いながら、もう一度子供に、おいでおいでをした。

「おまえに罪はない。こっちへ来るんじゃよ。どうしたのじゃ。ん？」

子供はじっと床を見つめて、ライオンの檻に入れられた子猫みたいに、食われるのだろうか、食われないのだろうか、と考えているふうだった。

「そう強情を張るでない。いやでもおまえはこのわしと一緒に、この何年間か暮らしていかにゃならんのじゃ。こっちへおいでと言うに、わしの言葉がわからんのかの？」

こんな調子では、夜明けまでかかっても子供がその場を動きそうにないとわかると、老人はベッドからよいしょと立ち上がり、丈夫でない足の上に上体をバランスよく乗せてから、子供に近づいていった。

「怖がることたない。おまえを捕まえられるほど、もうこの体は動かんのじゃ」

彼は顔も体も馬鹿でかい大男だったが、長年の座り仕事のために腰が曲がり、この狭い部屋――粗末な木のベッドが一つ、火を起こせる場所が老人の腰幅だけ、戸棚が一つきり、古びたテーブルと椅子、目につくものといえばその程度の部屋で生活するには、都合よくこぢんまりとしてきた。

「おうおう、こんなに小さくて……まだ三つか四つか、のう。かわいそうに。何の因果で奴隷になんぞなったのじゃ。捨てられたのか？　おっかさんの山から引きずり下ろされたのか？　名は何という？」

老人は気が長い。彼は根気よく話しかけた。

「どうやっておまえを育てたものやら。困ったもんじゃわい。あいつは、煮炊きや洗い物や使い走りがこの子にできると考えおったのか」

子供は痩せた体にボロをまとい、裸足で、手足のあちこちに傷や打ち身があった。上着をめくって背中を見てみると、案の定みみずばれやら打ち身やらがあった。ジェームズは首を振って子供の手を取り、軽く上下に揺すった。

「ここで休むがいい。わしはおまえをぶったりせん。この家で気楽に暮らすがいい。幼児期は人生で一番美しい時期じゃ。無心に過ごさにゃいかん大切な時期じゃよ。わしはそれを一人息子に与えてやらなかった。酔っぱらって叩いてばかりおった。後悔しておるよ」

彼は子供の手を離して、曲がった腰を少しだけ伸ばした。

「さあて、考えておってもしかたがない。おまえの寝床からして、まず作らにゃならんわい。晩飯の粥も余分に要る。魚は半分こじゃ。どれ、のんびり構えてはおれんて。こりゃまあ、当分忙しい目を見るこった。その――おお、まだ名を聞いておらなかった。名は何というんじゃ？」

彼は腰をしっかり曲げて子供の顔をのぞき込んだ。何を言っても返事をしない。かといって聞いていないというのではない。瞳を開いて宙を見ながらじっと立ち、こちらに関心があるでもなし、ないでもなし、手を取られれば取られたまま、離されれば離されたまま、ちっとも意思がないようだった。

「おまえは恥ずかしがり屋なのかね？　それとも強情っぱりなのかね？」

ジェームズは子供をそこに立たせておき、夕飯の支度にとりかかった。

「そう言や、ペゴがおまえのことを〈なんとか〉と呼んでおった……何だったか思い出せんわい」

放っておかれた子供は入り口の隅に立ったまま、老人の右手が器用に動き、薪をくべたり、鍋をかき回したり、魚をひっくり返すのに手馴れて速いのを見ていた。が、彼の左手は肩からぶらりと垂れ下がったままで、振り子のようには動くが、生命のあるようには動かない。そこへ、一匹の黒く光るコバエがやってきた。ごちそうにありつこうと老人の頭上を旋回している。輪を小さくしながら降下してきたところで老人に気づかれた。老人の右手がコバエをめがけて飛んだ。と、それを挟み撃ちすべく迎えるために彼の左腕が持ち上がったのだ。コバエが急カーブで方向転換するのを、その左腕は敏速に追い、器用なはずの右手のほうが立ち遅れた。そのために二つの手は擦れ違って空振りした。老人は今の一部始終を見たであろう子供のほうを向いて、にんまり笑った。いまだかつて一度も取り逃がしたことがないという得意げな様子だ。そして、空振りして音も立てなかった両手のちょうど擦れ違った側面に、潰されたコバエがくっついているのを、子供のほうに向けて見せた。普通の子供だったら、ここいらへんでニッコリし、打ち解けてくるものだが、この子は表情を変えず、ちょっと身じろぎしただけだった。

「こりゃあ、手ごわい子じゃわい」

老人は目を丸くして、おどけた悲鳴をあげた。

さて、粥と魚半分ずつの夕飯がテーブルに並べられ、子供のための丸かごが置かれた。

「ここに座って食うのじゃよ。いやなのかね？　夜中に腹の虫が鳴いても、わしゃ知らんぞ」

彼は自分の椅子に座り、さじを持って食べ始めようとした。が、思い直してさじを置いた。

「待っててやろう。知らない所へ来れば、大人だって心細くてさびしいもんじゃ。ましておまえはまだ三つ……か、四つ。おいで。一緒に食おう。さ、おいで、名無しの嬢や」

子供はそこに根を生やすことに決めたかのように動かず、無言のまま老人とテーブルの間あたりを見つめていた。老人はため息をつき、小さな手を引っ張ってくるために立ち上がろうとした。彼の曲がった腰は、椅子やベッドから立つのが特に不得手らしい。よろめいて椅子の中に落っこった。彼は、ふぉう、と言い、しばらくの間ぶつけた痛さにじっとしていた。それから、大丈夫だ、というように子供にウィンクをし、もう一度立つためにテーブルに右手をついた。そのとき、子供の足が子猫の前足みたいに動いたように思えた。

「なんじゃ？」

と、見ていると、小さな足は〈前〉ではなく〈横〉へと動き出した。壁際に寄せてある竹くずや、やりかけの革細工を危なかしく踏みそうになりながら、そろそろとカニのように横歩きした。そして徐々に〈横〉から〈前〉になり、結局遠回りに円を描いてテーブルのそばにやってきた。ジェームズは相好を崩して猫なで声を出した。

「おまえがいい子だということはわかっておったよ。さあ、その丸かごによじ登るんじゃ——ほう、うまいうまい。それじゃ、わしらは友達なんじゃな？　仲良くやっていこうのう」

ジェームズのかわいがる子供のことはすぐに村じゅうに知れ渡り、『ジェームズ爺のひ孫』と冷やかされるようになった。そのジェームズ爺のひ孫はまるで人形のように、言われるままされるまま、うなずくことさえ稀で、何をしてほしいのか、食べたいのか眠たいのか、こちらで推し量るほかなく、口を開いたのは一週間もたってからのことだった。トウモロコシを分けてもらいに一緒に丘のふもとの農家へ歩いていく途中、どうも上着の裾が重くなったと思って子供を振り返ると、遠くを見つめたまま上の空で足を運んでいた。

「どうしたんじゃ」

子供は一心に見ているものから目を離さず、指もささずに、

「あれは森？」

と、尋ねるのだった。ジェームズ爺は老いた目を上げて、はるか向こうの丘の陰にあおあおと盛り上がる樹木の一端を眺めた。

「そうじゃ。森じゃよ。山の向こう側の奥のほうへと、ずうっと続いておるんじゃぞ。さらに南へ行けば、もっとうっそうとしたジャドラ森があるわい」

子供のことを、もしや病気か何かで声を失ったんではないかと危ぶんでいた彼は、ホッと安堵して答えた。

「行ってみたいかね？」

顔をのぞき込んだが、子供の心は別世界へとさまよい出し、もう何も聞いていないようだっ

た。で、ジェームズが、

「いつか連れていってやろうのう」

と、つぶやいたときの、子供が振り向いたすばやさには面食らったものだ。それで、あとに続ける言葉をのみ込んだ。その先の広大な山々にはおっかない蛮族がウヨウヨおるわい、と。


「んで、ジェームズ爺、ひ孫の名前はわかったのかい？」

これが道行く人のすれ違いざまの挨拶だった。ある日、漁師と洗濯物を頭に乗せたかみさんの同じ挨拶に、ジェームズはようやく答えることができた。

「この子のことなら、マリアと呼ぶことに決めたじゃ」

「マリア？　そりゃ奴隷の子らしくないね」

と、かみさんが言えば、漁師のグノーが続けた。

「『馬鹿のマリ』ってのはどうかね」

ジェームズは眉をひそめた。

「この子は馬鹿ではない。人見知りなだけじゃ。ゆうべ粥の作り方を教えたら、おめえ、今朝作りおるのじゃよ。育てやすい、素直な、いい子なんじゃ」

ひ孫自慢が始まったので、「爺さんよ」と、グノーが忠告した。

「そうやって甘やかしているとつけ上がるばっかりで、あとで泣きを見るのが落ちだぜ。なにせ野蛮な土匪の血が流れているだからな。何でも小さいうちが肝心だて。非人には非人相応の扱いをしておくのが一番いいだ。毎朝おれが鞭を当ててやるからよこしなて。昔小僧に使った手ごろな細紐があるだからな」

たちまちジェームズはムッとして言った。

「鞭で打たねばならんようなことは、この子は何もしてやせん。それに躾のことなら心得てお る」

グノーは老人の心の傷に触れたと気づいて口をつぐんだ。

「ほら、悪党のアラン・ホルスのことよ。ジェームズ爺の一人息子の」グノーが自宅に帰り着いてかみさんに言った。「あいつ、またアメリカで取っ捕まったっちゅうぜ。爺さんも心労だろうな。おまけにここへ来て、孫娘から非人の餓鬼を抱え込まされたと来らあ、長く生きたって、いいこたねえなあ」

孫娘のマーガレットから月々の生活費がわずかに余分に送られてきた。ジェームズはまずそれで行商人から牛の皮の切れっぱしを買い、三日かけて子供に靴を作ってやった。すぐに大きくなろうからと、指二つ分も大き目にしてやったのが悪く、履かせてみると、脱げかかったと思えば、スポッと音を立ててはまり、次にもう一方が脱げかかり、またスポッとはまる、といった歩き方をする。猫に靴を履かせたようで、大笑いをしてふと見ると、子供のわずかに開いた薄い唇の間から、真っ白に光る小さな歯が覗いていた。

「なんとなんと、ついにマリアが笑ってくれたわい！」

まるでジェームズのほうが四つの子供のようにはしゃいで喜んだ。

「そうかそうか。よしよし。こっちへおいで。やっと笑顔を見せてくれおったのぉ。ここへ来てひと月じゃよ」

マリアの口はもう閉じられていたが、まだそこに白い歯を見るようにジェームズは眺めていた。それから改めて全身を見回した。

「なんと小さな体じゃろうか。早く大きくならんと……」

彼は急にしんみりとなって子供の腕をつかんだ。

「のう、おまえ。マリアよ。わしはこの先そう長くはない。わしが死んだら、おまえは女奴隷になってマーガレットにこき使われる身じゃ。あいつは悪漢の父親の血を引いておってな──父親というのが、わしの息子なんじゃが……わしが飲んだくれのワルだったせいで、うちを飛び出してしまっての──ま、息子のこたどうでもいい。つまり、おまえの主人になるマーガレットというのが、わしには少々気を遣ってくれるが、なんせ奴隷たちを擦り減るまで働かして、あげく死なせるのを何とも思わんやつなんじゃ。あいつの鞭の使いっぷりには、だれも恐れをなして近づかんよ」

ジェームズは子供の腕を引き寄せるようにした。

「それでじゃ。おまえももう少し愛想をよくせんと、あいつにいじめられて殺される羽目になる」

子供の背中を、ポンポン、とやさしく叩いた。

「おまえにわかるかのう。あいつの気に入られるように振る舞わんことには、生きられんのじゃ。おまえは申し分なくお行儀はいいんじゃが、もう少しものを言って笑顔を見せんとなあ。どれ、手を貸してごらん。両方ともじゃよ。それをこうして組み合わせて、と。『ご主人様。何の御用でございましょうか』こう言うてみい。それ、そう床を見つめてばかりおるでない」

四

「僕の父は君の父君に、悪いことは何もしていない」

フローラが打ち合わせの席を外した途端に、デュランが話を変えて、いきなりそんなことを言い出した。サリーはしばし頭の中で考えをまとめ、ゆっくり頭を上げた。

「お父様のことなのに、なぜあなたがそう言い切れるの？」

「やっぱりか」

サリーへの返答ではなく、問題はやっぱりそこにあったか、という思いで彼は椅子の背に身をのけぞらせた。

「僕の父のことを悪く思っているのかもしれない、と勘ぐることはあったけど、君は僕に何でも話してくれると信じていた。でも、違ったんだね」

親しかったサリーが次第によそよそしくなっていった原因を、この一年余りの間彼は考えあぐねていた。しかし、問題はやっぱりあの出来事にあったようだ。サリーは自分の父を疑い、許さず、頑なにその考えに固執している、今ではそれがわかる。うすうす察するところはあったものの、たとえ父を疑ったにしても自分と父は別人格だ、サリーみたいな女性がそこを見誤るはずがない、だとすると自分に弱点があるということかもしれない、サリーの嫌いな性格が自分の中にある、あるいはまた、不用意に彼女を傷つけるようなことを言ったか、したか——というように思い悩んでいた。

「サリー……詳しく話せないんだけど、ちょっとだけ聞いてほしい。絶対に父は、君のお父さんに対して無実なんだ。僕はあの事件の目撃者なんだよ。僕が証人なんだ」

〈事件？　目撃者？　その言い方は白状したようなものね？〉

サリーは確信した。だって、父が病で急死し、保険金がおりた、その中に事件性ってあるの？　何を目撃したわけ？　何の証人だって言うの？　つまり殺人の陰謀があったということでしょ？　あなたは今それを白状してしまったのよ——瞬時にそれを悟ったが、黙っていた。

デュランの次の言葉が聞きたかった。だが、フローラが帰ってきてしまった。で、どこまで進んだの、と文化祭の資料をめくって聞いてくる。

「どうしても話がしたい、サリー。二人きりで」

三人での打ち合わせが終わったとき、立ち上がったサリーの耳元にデュランがささやいた。

「いいわ。聞くわ」

実現したのは文化祭が終わってからだった。

放課後、二人は誰もいない屋上にいた。サリーは鉄柵に背中をもたせ、デュランはその前を行ったり来たりした。

「話したい。でも、話しちゃいけないことなんだ。それでも話したい。だから、君に守ってもらいたいことがある。それは、この話で僕たちを責めないでほしい、ということなんだ」

「それは無理」

サリーは即座に言った。いま彼は罪を認めようとしている。事件を白状し、許しを請おうとしている。父を殺しておいて、それを許せですって？　許せるはずがない！

「そう言うなら、これは話せないんだよ。お願いだから僕を信じて、サリー」

何を信じろというのかわからない。清廉潔白なら、話せないことはないではないか。しかし、彼の話そうとしていることが何も聞けないというのは、非常に残念だ。せっかくあのときの真実が、これから明るみに出そうだというのに。

「責めるな、ということは、悪いことをした、ということね？　その内容によっては無理な注文よね？　私の父にいったい何をしたの？　究極のことを考えると、許すことは絶対にできない。でも、私がこれからどう行動したって、父は帰らないんですもの、訴えるとか、公《おおやけ》に言いふらすとか、そういうことはしないという約束なら、できるわ」

「よかった。その約束が欲しかったんだ。それなら話せる。僕たちの悪事……僕も、父とほとんど同罪だから」

　胸のうちで仰天しながら、サリーはそれが表情に出ないようにした。だが、その両手はスカートの前で固く握りしめられ、汗ばんでいた。

「保険に加入したその日に父君が亡くなった。そりゃあ僕だって、怪しい、って疑いますよ。変なものは徹底的に調べてやろうと思う。でも、事実は順番が逆なんだ」

「逆？」

「つまり、その……言いにくいことなんだけど……あれは土曜の夕方でしたね。父君が急死されて、血の気が引くほどうちの父はショックを受けましたよ。それは会社の破綻を意味したんだ。あのころの会社の窮状は、父一人で乗り越えられるほど生易しいものじゃなかった。見かけは景気がいいように装っていたけど、君の父君がいなければ到底やっていけたものじゃなかったんだ。その夜遅く、君の家から帰ってきた父が言ったんです。僕と母がそれを聞いた。

『ライナが死んでしまい、これで会社は立ち直れなくなった。近々破綻するのは間違いなかろう。だが、それを完全に回避する方法が、一つあるのだ。一つ……私はそれに命をかける。明日の夕方、このテーブルにごちそうを用意してくれ。デュラン、おまえは街へ行って、うまい酒を買って来てくれ。金をいくら使ってもいい、持てるだけたくさん買ってきてくれ。いや、配達は駄目だ、おまえ一人ですべてやれ』

翌日の日曜日、父は必死になって自分で走り回り、やっとのこと、毎年勧誘に来ている顔見知りの保険屋を、うちに引っ張ってくることができた。ごちそうして飲ませて、二つの保険に入りたい、と申し出たんだ。一つは自分たち家族用の小さい保険。これがいつも勧められていたヤツでね、今回は入るぞ、と父が言った。保険屋がべろんべろんに手を振り回して喜んだ。そして二つ目というのが、会社を受取人として二人の経営者にかける大きな保険だ。そうだ、わかってる。昨日の夕方亡くなった人間が、まだ生きていた昨日の昼に、契約したことにするんだ。父は保険屋を説得した。

『君に何の不都合がある？　君の業績が上がるだけじゃないか。こちらも好都合。君の会社はあれほど大きいのだから、それほどの損失ではないんだよ。君、今年のボーナスはすごいぞ。どうだ、この二つを昨日土曜の昼に契約したことにしてくれんか？　土曜の昼を過ぎたので会社は終業しており、君は連絡できず、契約書をうちに持ち帰ったのだ。そして、いいか、明日月曜の朝一番に出勤し、これを提出する。すると、うちの経営者の一人が土曜の夜に亡くなっているのを知って驚く、と、こういう寸法だ。

いいね、何の問題もない。これは君と私の秘密ごとだ。私は墓場に持って行く。君にもそうしてもらいたい。ばれることは絶対にない。これをしゃべるような者は一人もいないからだ。いやだと言うなら、二つとも入らんぞ。周りにも、君の会社の悪口を言いふらしてやる。……いやいや、君はやってくれると信じているよ。もっと飲みなさい。君とはこれからもずっと、いい付き合いができそうだ』」

「保険金詐欺……」

すべて聞き終わったとき、サリーがつぶやいた。デュランはうなずいた。

「会社を救いたい、その一心で父が行動した。会社を大切に思っていた君の父君にだって、納得してもらえると僕たちは思っているんだ。不運の死が無駄にならなかったんだから」

「そんな――」

サリーは表情をゆがめないではいられなかった。

彼の話したとおりの可能性もないことはない、とサリーは思う。だが、彼らには今まで一年余りも小細工して考える時間があったのだ。完璧なストーリーを創り上げることだって不可能ではないだろう。どちらにしても保険金詐欺ではあったが、殺人よりはましなストーリーを。

「このお話、百パーセント信じられるわけではないけれど、でも、話してくれたことには感謝します。今言えるのはそれだけ。そして、すっきりはしないんだけれど、約束は約束、口外しないことを……誓います」

デュランの打ち明け話を聞いても、彼に対するサリーの態度にはあまり変化がなかった。デュランは度胸のあるいい青年だ。しかし、デュランに気を許す日が来ることはないだろう、なぜか知らないが、自分の心の声がそう言うのだ。

「ミス・ピートが呼んでいらっしゃるわ、サリー」

フローラが、校庭の芝生に座ってぼんやりしているサリーの所へやってきて、白い封筒を見せた。

「大学への推薦状よ。女の子ではあたしとあなたを含めて四人だけなの。進学をさせてあげてほしい、という保護者へのお願い状が入っているの。あなたはお父さまの膨大な蔵書を片っ端から読んでいるんだもの、当たり前の結果よ。さあ、ミス・ピートがあなたを捜していらっしゃるわ」

ピートから同じ《お願い状》をもらい、サリーは家に帰る支度をした。

駅までの道をフローラが一緒に歩いてくれた。サリーはすらりと背が高く、細い腰を微動だにさせずに足を運ぶことができたが、フローラのほうはぽちゃぽちゃと太って、上下運動が激しいので、そのたびに肩の上に乗った量の多い赤い髪がゆさゆさした。

「大学へ行ったら、本を少し余計に読んだからといって、みんなより出来る、という生易しいことはなくなると思うわ。ああ、フローラ、私、大学に行きたいわ。この手紙でもう一度祖父を説得してみるけれど……あのイルーネさえ口出ししなければ、事はもっと簡単に運ぶのに。

うちにはお金がないの。でも、私の結婚資金があるはずでしょう。それは元々、父母の家を売ったお金なのよ。そのお金を出してほしいと頼むんだけれど、祖父が考えをやわらげるたびに、イルーネががんとして祖父を立て直してしまうの。私の欠点を並べ立てて、こういう我の強い娘は二十歳を過ぎたら男勝りになって、もうもらい手が無くなる、いまのうちにデュランと契りを交わしておくしかない、でなければ一生売れ残る、って」

「いやだ、そんな無礼なことを召使いに言わせておくの？　首にしちゃいなさい」

首にはできない。今やイルーネがいなければ、祖父母は生きていけない。生活のすべてにおいてイルーネを頼っている。祖父母からイルーネを取り上げることなどできない。

「イルーネの言うことは、それほど間違っていないの。自分でも、そこら辺の男子より気が強いのを感じるんですもの。表面に出さないように気をつけているけれど。イルーネは、祖父母を早く安心させてあげなければいけないと言うの。ぐずぐずしていたら、私は不孝者になるだろうって。それもよくわかるの。でも私は結局不孝者になると思うわ。大学を出て教師になりたいと考えているからなの。自分の生徒達を持ったら、私は絶対にえこひいきしたり、いじめたり、それから怖がったりしないわ。それをイルーネにほのめかしたら、私くらい教師に向かない人間はいない、って言ったわ。私に受け持たれた子供達がかわいそう、ですって。イルーネと話していると自信をなくしてしまう。どうして、私はこう、年上の女性に好かれないのかしら。ミス・ピートだって、私に封筒を渡しながら『破いて捨ててもいいんですよ』なんて言うのよ」

「あなたが誇り高い人だからだと思うわ。きれいで、頭がよくて、度量があるもんだから、才能のない女教師たちは嫉妬するのよ」

「そうじゃないわ。この件では心当たりがあるの。この間のテストの結果を見て、私、ミス・ピートの所へ掛け合いに行ってしまったの」

どうしても満点が欲しいというわけではなかったが、亡き父の蔵書の一冊を見せて、こういう実例もあると示し、あながち自分の解答が間違いとも言い切れない、と認めさせてしまったのだ。しぶしぶピートは百点を与えざるを得なかった。

「自分のことは自分が一番よく知っているわ——掛け値もなければ、ひいき目もなく」

以来、サリーに向けられるピートの視線には、冷たいとまでは行かないまでも、温かみが無くなった。

「ぶらぶら歩いてきたのに、早く着き過ぎちゃったみたいよ、サリー」

サリーは物思わしげに鉄橋の方角をみやった。汽車は汽笛を鳴らしながら大リサイ川を渡ってくる。まだ聞こえてこない。二人は駅の裏の小高い土手の上で待つことにした。

「結婚資金を取り崩さなくたって、ほら、亡くなる前にあなたのお父さまが経営なさってらした建設会社、いま景気がいいらしいじゃないの。あの会社から少しはもらえないものかしら。だって——」

「いえ、いいの。あそこはもう関係ない」

二人はそれぞれ平たい岩を見つけて腰かけた。

「どこそこから大きな受注があったって、この間もデュランから聞いたわ。たとえ彼を振ったにしても、なんせあなた達二人のお父様方が、共同でお作りになった会社なんでしょう？」

ブルーゼンは、サリーの進学志望を息子のデュランから聞いたとき、差し出がましいが進学資金を提供させていただきたい、と申し出てくれた。父の死によって半年後に多額の保険金が入ったというものの、それ以前、まだ窮状から脱け出せていなかった会社は、父の退職金を雀の涙しか出せなかったのだ。祖父母はブルーゼンの申し出をありがたく頂戴しようと言ったが、サリーは「やめて！」ときっぱり断った。デュランからあの告白を聞く前のことだったが、聞いた今でも気持ちは変わらない。たとえこの先、肉一切れ、服一枚、買えない日が来ようと、ブルーゼン一族、そしてブルーゼンの会社からは、びた一文施しを受ける気はない。あんな汚れたお金！

「もう終わったことなの。父は死んでしまった。私はいっさい、そして生涯、あの会社とはかかわりを持ちたくないの。二度とこのお話をしないで」

「そこまで言うの？　いったい何があったっていうの」

フローラは何も事情を知らない。

「だからあなたは頑固だって言われるのよ。それにしてもノストラサン大学だなんて、どうしてそんな、家から通えないような所を選ぶの？」

フローラは家が遠いために、このハイスクールの寄宿生だった。汽車の時間が来るまで、サリーはたまにフローラの部屋を訪れ、一緒に勉強したり、話したりして過ごすことがあった。寄宿生活というものの一端にふれ、思う存分勉強に打ち込めるその環境をうらやましく思っていたのだ。目指すノストラサン大学は北部のエレムの郊外にあるため、家からの通学は難しい。が、それこそ大学を選ぶときの条件の一つだった。

〈イルーネの毎日の小言から解放されたらどんなにいいかしら。近ごろノイローゼ気味だわ〉

サリーは自分でそう思っているのだが、その神経はノイローゼに罹るほど弱くはなかったし、イルーネのことばかり考えてもいなかった。

「ねえ、フローラ」

「何？」

呼びかけておきながら、サリーはじっと沈黙していた。

「何なの？」

数秒の間《ま》のあと、サリーは思い切ったように尋ねた。

「あなた、夢を見ることがあって？」

「もちろん見るわよ。そういえば、ゆうべ見た夢にあなたが出てきたわ。ストーリーは忘れたけど」

「そういう夢ではなくて、覚醒状態で見る夢。あるいは半覚醒状態と言ったらいいかしら」

フローラが吹き出した。

「白日夢のこと?」

「やはり人は笑うのね。おかしいものなのね」

「そんなことないけど」サリーの顔がまじめなので、フローラはちょっと興味を持った。「よかったら、その夢というのを聞かせてちょうだい。〈孤高のサリー〉がどんな夢を見るのか知りたいわ」

「いえ、話すつもりはないの。笑われるのがわかっているんですもの。私の心の大事な部分を占めるものなので、傷つけられたくないのよ。ただ、さっきミス・ピートの所へ行くときに、変なものを見たので、ああ、私ばかりが夢を見るのじゃないんだわ、とわかったの」

「変なものって?」

「教頭先生が背中を丸くして階段をのぼっていらっしゃるのに出くわしたの。それが踊り場まで来ると、突然立ち止まって両脇の手を広げたの。上からの何かを受け止めようとするみたいに、明るい窓に向かって大きく広げるのよ。誰か好きな人を抱きとめようと構えた格好に見えたわ。そして、窓に向かって『さあ、おいで』って言ったように聞こえたの。私、困ってしまって、そっと引き返すのもおかしいし、ミス・ピートの所へ行くにはそこを通るしかないし。ためらっていたら、教頭先生が私に気づかれて、両腕をすぼめて照れ笑いをされたの。そして急ぎ足で階段をのぼっていかれたけれど、こちらも恥ずかしかったわ」

「シェークスピアでも思い出されただけなんじゃない？　ロメオをまねたとか」

「そうかもしれない。でも、夢に襲われたときの激しさを私は知っているの。それに似ていたの」

「あなたの夢を話してちょうだいな、サリー。よくもそんな面白いことを、長いお付き合いで言わずにいられたものね」

あなたの氷のように冷めた心を学問以外の何が熱くするっていうの、などと茶化しながらフローラが覗き込んでくるので、サリーはそのいたずらっぽい顔を手で押し返した。

「話せないわ。自分にもよくわからないの。よくわからないことを人に話せないわ。さあ、汽笛が鳴ったわ」


フローラの催促に負けたのは、翌日の昼休み、校庭のベンチに二人並んで座っているときだった。あまりしつこいので、サリーは観念し、低い声で話し始めた。

「聞いても笑わないでね。そして誰にも言わないって約束して。

去年の四月だわ。ある夜、夢を見たの。一人の小さな子供が暗闇の中にいたわ。不可解な暗闇で、そこはかとなく甘い花の香りが漂っているの。初め一人でいるのかと思ったけれど、もう一人大人がそばにいたわ。その人は巨人のように大きくて、手に鞭を持っていて、やがて子供を打ったの。私、辛くて……。考えてみれば、初めはたったそれだけの夢だったのね。それがどうして尾を引いて、こんなになってしまったのかしら」

「それは、サリー、立て続けにご両親を亡くしたショックからだと思うわ。ひとりぼっちになってしまって、きっと寂しかったのよ」

「そうかもしれない……でも、それとは関係ないような気もするの」

「『こんなになった』って、『どんなに』なったの？」

「毎夜のようにその子供の夢を見るようになったのよ。それも眠っているのか目覚めているのかわからないような夢の見かたなの……いいえ、ちゃんと目覚めているんだわ。夢が私の中に入ってきた途端に、私は私でなくなって、何か〈霊魂〉みたいなものになるの……ああ、どう言ったらいいか、話しようがない……つまり、私自身がその子供になったり、友達になったり、保護者になるの。子供は一日一日ちゃんと成長するのよ。もうすぐ六つ。信じられて？」

フローラは両ひざに肘をつき、両手であごを囲んだ。かわいそうなサリー、と言いたい気がしたが、どうしてかわいそうなのか、自分でも説明がつかなかったので言わなかった。

「これが何なのか、いろいろ考えたわ。白日夢という言葉を知ったとき、ああ、やっとわかった、これは白日夢なんだ、と私も思ったの。でも、白日夢がどういうものかわかってくるにつれて、どうも私の夢とは性質が違うものなのね。では何なのか、私にはまだわからない……私だけがこんなものを持っているのか、それとも誰もが持っていて、学問的にもとっくに解明されて、すでに名前さえ付けられているものなのか。

小さいころ、こんな経験をしなかった？　わけのわからない感情を自分なりに考えて、脈絡を見つけて、何とか一つのまとまりとして認識するの。けれど後になって、それがちゃんとした名前を持って、すでに公然と存在していることを知るんだわ。その時の驚きといったらない、というような経験。私の場合『嫉妬』がそうだったの。だから、この夢もそうなのかもしれないと思うの。私が無知なのであって、世の中には例えば『〇〇症』として知られていたりして……でも、わかってしまうというのも、怖い気がするわ。だって、私の全体の半分といってもいいくらいに、今では大事なものになっているんですもの」

「その子供って誰なのか、全然心当たりがないの？」

「ないこともないの。最初の夢を見る少し前に、祖父母のお供をしてメルフェノ森まで行ったの。あなた達が野球観戦に行った日よ。私は用があるからって断ったでしょう？　そのとき、森の中で三つか四つぐらいの女の子に出会ったの。なぜか心を惹かれて見ていると、一度こちらを向いたの。その目がまるで私を包み込んでしまいそうに深くて、静かだったの。忘れられない光景だったわ。でも、それは結局私の錯覚だったんだ、って今ではわかっているの。子供って、瞬間的に大人びた目つきをすることがあるでしょう。きっとあの子もたまたまそんな目をしただけなんだわ。

それから何日かたった夜、その子によく似た子が夢の中に出てきたというわけなの。確かにきっかけにはなったかもしれないけれど、あの子と私の夢の中の子供は、同一人物ではないの。全く別人だと思うわ。だって、それはそれはすばらしい夢なのよ。夜になると、私は夢の子と一緒に遊びにでかけるの。海や山や森や川へ。それからいろいろな国へ。お月様やお星さまのところへも行くわ。何でも出来るのよ。だけど、天真爛漫な私たちの散歩を邪魔する人がいるの。鞭を持った悪魔――あら、フローラ、笑わないと約束したでしょう」

「信じられないわ、サリー。話しかけるのも怖いくらいにあなたのことを思っている人もいるというのに、何ですって？　お月様のところへ散歩に行くだの、悪魔が邪魔するだのって――」

　座っているベンチが揺れるほど、太ったフローラが笑うので、サリーは話したことを後悔し始めた。

「あなたにわかりやすいように話したのよ。そしたら、滑稽なお話になってしまったようね。でも、私の気持ちはもっと真剣なものなの」

「どうしてそんなに真剣に夢と取り組むのか、あたしには全然理解できない。楽しい夢なら夢で、それでいいじゃないの。もっと気楽にごらんなさいよ。誰だって自分がジュリエットやシンデレラになる夢ぐらい見るわ」

「そうね。そうするわ。他人にはわからないと思う。なぜ真剣になるのか、自分でもわからないし、言葉で言う以上に心をつかまれるのを、どう他人に説明したらいいのかわからない。それならもう黙っていたほうがいいわ」

「メルフェノ森で会った女の子というのに、もう一度会いに行ってみたらどうかしら。案外呪文が解けるかもしれなくてよ。何という子だったの？」

「名前は知らないの。聞いたかもしれないけど、気を奪われていて頭に残らなかったのね。その子は誰かに売られて、今どこにいるのかも知らない。それに、私、会いたいと思わないの。夢を壊されたくないのよ。現実の子供は現実の子供、夢の子は夢の子ですもの」

「あなたがそんな内緒のお人形さんを持っていたなんて。みんなが知ったら何て言うかしら」

「絶対に言わないで。お願い、フローラ、誰にも話さないと約束して」

「わかった、約束するわ。それで、夢の子に名前はあるの？」

「あるわ。最近付けたの。でも、教えない。私だけのものにしておきたいから。誰にも呼んでもらいたくないから。取られてしまうような気がするでしょうから」

再び吹き出してベンチから転げ落ちそうになっているフローラをよそ目に、サリーは立ち上がった。フローラがそれを見て顔を上げたので、

「マリア、というのよ」

とささやき、一人で校舎のほうへ歩いていった。

五

シャートフ長屋でジェームズ爺と暮らした二年半は、人並みに子供らしい幸せな生活が送れた最初の時期として、マリアの記憶に刻まれた。

「ここはわしの寝床じゃな？　もう大丈夫じゃ。ありがとうよ。医者なんぞ呼ばんでいい。もうすっかりよくなったわい」

「年だから一人歩きはよしなよ、爺さん。おらが通りかからなんだら、いまごろは、おめえ、くたばっちまってたか知れねえぞ。せめてチビでも連れて歩いて、イザという時にゃ、人を呼ばせるだよ。何のために飯食わしてやってるだ」

若い大工のビセンテは、ジェームズに毛布を掛けてやり、手桶に水をすくって持ってきた。

「ありがとうよ。ちょっとめまいがしただけなんじゃ。マリアなら近くの森におるよ」

ビセンテは老人の頭を抱えて起こし、手桶の水を飲ませた。

「しょうのねえ非人の餓鬼だな。普通の人間様の子供みてえに遊んでるだかよ。皮でなんぞ靴を作ってやるからいいけねえだ。鉄の重しの付いた鎖でも掛けてやっとかにゃあ、そのうちどっか逃げて消えちまうぞ」

「靴は大き過ぎて、詰め物をして履かせておるんじゃ。だから、あの子にとっては鎖みたいなもんでの。森へ行くときにゃ脱いでいくのじゃよ。それにあの子は逃げたりせん。森はあの子のホームでのう、森にいる時ゃ翼の生えた天使というもんよ。盛んにジャドラ森まで行きたがっておったが、そりゃ遠くて無理じゃわい。しかし、どんなに小さくとも森の中でさえありゃ、登ったり飛んだり泳いだり、それはそれはもう、この狭苦しい部屋にいるときのあの子とは、見違えるばかりなんじゃよ」

ジェームズ爺の顔は幸せそうで、実のひ孫ではないかと思うぐらい、目を細めるのだった。

「おら、ひとつ、マリアを呼んでくらあ」

「呼んでこんでよい。呼ばんでやってくれ。ああしていられるのも、もうあとわずかなんじゃ。遊ばせといてやってくれ。それに、帰る時間を忘れるような子ではないんじゃよ。日暮れ前にはちゃんと帰って来おる。いまではわしよりも上手に粥を作るしな、洗濯もすれば掃除もする。それからそれから、これは内緒の話じゃが――いや、やめておこう。……ええい、黙っておれんわい。自慢でならんのじゃ。いつかグノーがばかにしおったが、本当を知りおったら腰を抜かすじゃろう。これは誰にも言うでないぞ」

そこで老人が声を落としたのは、とっておきの秘密を話そうとしてなのか、体の具合が悪くて声が出せなくなったのか、どっちなのかビセンテにはわからなかった。

「実の息子にもしてやらんかったこと、読み書きをマリアに教えたんじゃ。あの子は、おまえ、読み書きの天才じゃよ。同じ年頃の子供たちがまだＡＢＣも知らんのに、もう何でも読めるんじゃぞ。驚いたろうが。ああ、長生きがしたいのう。わしのマリアが大きくなるまで、生きていたいもんじゃ。マリアがどんな女の子に育つのか、見てみたい。それがかなわぬことなら、せめてあの子を自由の身にしてやりたい。つくづくそう思うわい。男に生まれそこなったあのマーガレットにこき使われるんでは、あまりにかわいそうじゃ」

「興奮するなよ、爺さん。でないと、あの世へ行っちまうぜ。ここに水を置いとくよ。おら仕事があるで行くが、チビが帰るまでもう動いちゃいけねえよ。何でもチビにやらせな。まあ読み書きもいいが、おらに言わせりゃ、そんなもの何の役にも立ちゃしねえな。まして奴隷っ子にそれが役立つたあ、まるっきし思えねえよ。無駄なこった」

ビセンテがドアを引くのと、外からマーガレットの召使いがノックするのとが同時だったので、こぶしが空振りした。

「これは失礼申し上げました」

何キロも徒歩でやってきたペゴは、ヨレヨレの汗だくだったが、礼儀作法を叩きこまれている召使いらしく、直立して詫びた。

「おまえさん、もしかして使いの者かい？　爺さんの孫娘とやらの」

「さようでございます。月のものを持って参りましたんですが、ジェームズ・ホルス様はどちらにおいでに？」

「どちらもこちらも、道端に倒れてたもんで、担いできてやっただ。ベッドに寝てるよ」

「それはありがとう存じました。倒れたとはいけませんで、お具合はいかがなもので？」

「ああ、もうよくなったよ。入りな。爺さんよ、使いが米持ってきたぞ」

のっぽのペゴは首を曲げて中へ入り、背中の荷物をたぐり寄せながら、つかつかとベッドへ歩み寄って覗き込んだ。

「お休みのところを何でございますが、こちらも急いでおりますゆえ、お渡しするものだけ、確かにお渡しして参りとうございまして――」

ジェームズ爺は気持ちよさそうに眠っているみたいだった。目を覚ましてもらうため、ペゴがちょっと肩を揺すった。そして、永久に返事がもらえないことを悟ったのだった。


手厚く葬り、子供を連れて帰れ、との命令により、ペゴは四日間オルトに滞在した。ジェームズ爺を慕う村人たちや、遠い親戚連が大勢葬儀に参列した。みんな孫娘が来るものと思っていた。爺の姪の子供にあたる長屋のおかみなどは、自分と年の近いマーガレットが来たら、パイナップルの繊維で作ったテーブルクロスを贈って慰めてあげるだわ、と待っていた。しかしマーガレットは、十三歳のときから数年間養われた実の祖父の葬式に、ついに姿を見せなかったのである。ジェームズは、生前自分で自分を葬った空《から》の木の棺桶に、今度は本当に入れられて埋められた。

オルトまでは鉄道が延びておらず、ペゴは村人の案内で古い貸し馬車屋からボロ馬車を借り、子供を乗せてナボへ帰っていった。

ナボ村の小学校の近くに、高い塀で囲われた大きな砂利工場があり、そこではたくさんの奴隷達が岩や石を砕いたり、砂利を運んだりして働いている。ペゴはその門の前でボロ馬車を止めた。

小さな子供をマーガレットの前に差し出したのは、雨季に入ってまもなくの、重苦しく霧のたれこめた夕方のことだった。帰宅の挨拶と葬儀の報告を終えて自分が引っ込んだあと、ペゴは重いドアのすき間からマーガレットの部屋に子供を押し入れた。東に一つ、枠の太い大きな窓があるにもかかわらず、その部屋の中はまるで牢獄のように暗くて湿っぽく、ズンとのしかかるような陰鬱な空気が詰まっていた。中央には厚みのあるどっしりした大きなテーブルが据えられ、背もたれの高い椅子が一脚おかれている。背もたれの低い椅子は、かしずくように壁に並べられている。もう一つ窓に向かって小さな黒い机が置いてあるが、上には何も乗っていない。

その部屋は二階にあり、窓からは右手に、通りに面した石門、そこから玄関に通じる短い石畳、門番小屋が、そして左手に仕事場の一部が見渡せた。部屋の四方の壁は黒く、硬く、ぞっとするほど冷たく感じられる。特に西の壁の一角では、不気味な二つの鉄の輪が、上からぶら下がる鎖に通されていて、ゆらりとも揺れない。そのあたりの壁一面、そして下の床の黒い染みは、子供の目にも、窓の左横の壁に三本かかっている鞭と関係があるのかもしれない、と見えるのだった。

マーガレットは岩のようにがっしりした背中に、腰まである黒マントを羽織り、だぶだぶのズボンをはいて黒机の前に立っていた。半袖の薄黒いシャツから出ている筋肉質の腕の太さは、普通の男の大腿部ぐらいあり、針金のように硬い黒髪はチリヂリに縮れている。馬鹿でかくて不格好なその頭は、黒光りのするごつい首に支えられ、身の毛がよだつほど醜いのだが、それでも彼女の顔に比べればずっと美しく見えるのだった。

彼女はペゴの報告を聞きながら、頼りない窓からの光に照らして清算書を読んでいた。やがて腹を立てて振り向き、中央テーブルの呼び鈴をけたたましく鳴らした。そこで、ドアの前に立っている子供に気がついた。洗いざらしの袖なし服を着、その下から小さな腰にピッタリの麻のショートパンツが覗いている。不釣り合いに大きい牛皮靴を履き、こちらを向いているが、目線は床から数センチ上のあたりを漂っていた。

「ほう」

マーガレットは清算書を机に置き、近寄った。子供はおびえも震えもせずに顔を上げ、人間離れした馬鹿でかい黒顔を、漂ってくる霧か何かのように受け入れた。

「まだこんなに小さかったとは」

乱暴にあごと首をつかまれて持ち上げられ、どうやったら息ができるのか、子供は必死で考えなければならなかった。

「おまえの名はたしか……ええい、忘れたわ」

マーガレットの太い指が、もう少し力を入れれば砕けてしまいそうな子供の柔らかい頬に食い込んだ。彼女はそのまま揺さぶり、子供がつま先立って苦しがるのを面白がった。拍子をつけて手を離すと、小さい体はあっけなく床に転がった。ノックがあり、何の御用でございましょう、という女の声がした。

「明かりだ、気のきかぬ奴め」

それから、立て、と子供に言った。子供は従順に起き上がり、マーガレットに対して体をはすにして立った。

「泣かぬのは感心な奴だ。では、名を言え」

物静かに閉じられた子供の唇は、訴えることを知らない瞳と同様、動かなかった。マーガレットは長くは待たなかった。ドアが開けられると、灯されたランプをひったくり、

「子供用の鞭を持ってこい。一号だ。いや、二号がよかろう」

と命じた。

「こちらを向け」

ランプを子供の顔の前にかざしてみる。子供は、ジェームズに育てられる以前にすでに染みついた奴隷の心根で、次に来るであろう制裁を待つのだった。マーガレットは何かに引き寄せられるように体を屈めた。子供の素直な眉の線、細い鼻筋、端正な口元、褐色の瞳——

「見事なリムの血だな」

マーガレット自身は、祖父から来るガーローゴ族の血と、祖母や母から来る黒人の血を持っている。漆黒の鋭い目、つり上がった太い眉、上向きのでかい鼻、歪んだ厚い唇などは母方の血、巨大な図体と顔は父方の血だ。

ドアが開き、エプロン姿の若くない女が入って来て、細い鞭を丁重に差し出した。彼女はそこに立つ子供をチラと見て、言わずにいられなかった。

「これは、お嬢様、まだ一号のほうでありませんと、その、ご損をなさることになりますでございますよ」

「おまえは黙ってわらを用意すればよい」

鞭は取り上げられた途端に、床に三度叩きつけられて試された。四号や五号の鞭を使い慣れているマーガレットには、櫂の代わりに小枝で船を漕がねばならない、といった拍子抜けの感じであった。

「おもちゃだな。当分は仕方あるまい。よし、こっちへ来るんだ、のろまめ」

腕が引っこ抜かれたかと思うような力で子供は引っ張られ、西側の壁に連れていかれた。手が小さ過ぎて、鉄の輪を最小の位置に合わせてはめてもすっぽ抜けるとわかると、隅の棚から縄を取りだし、一つの鉄輪に一つの腕をそれぞれ縛り付けた。縄が短過ぎて、子供は壁に押し付けられ、かろうじて両足のつま先が床に届くといった、にっちもさっちも行かない体勢になった。エプロンの女は首を振りながら出ていった。

天井が背中に落っこちてきたか、と子供は思った。うずくまろうにもうずくまれない、逃げようにも逃げられない、どうしていいかわからない痛みが背中に走った。ケート・バーダンの皮紐とは比べものにならない、それは生まれて初めて受ける本物の鞭だった。地獄の痛みの上に新たな一撃、さらにまた一撃、というぐあいに息つく暇もなく、次から次へと鞭が振り下ろされた。子供は最初のうちこそ声を出さずに、けなげに歯を食いしばっていたが、やがて呻かずにいられなくなり、あまりの苦痛に失神した。

気がつくと、真っ暗闇の中にうつ伏せに寝かされていた。体の下はわらだ。燃える炎が長い舌を出して飴玉をベロベロなめるように背中を焼く。腕を動かそうとすると、生皮を剝がされるような激痛だ。体がほてり、喉が焼けるように渇いて、口の粘膜が干上がっている。夜通し続いたその苦しみと闘うのに、子供が唯一出来たのは、息をする場所を胸のどこかに絶えず探し求めることだけだった。夜明けの最初の光が窓から差し込んできたときに、子供は力尽きて、高熱の中に再び気を失った。


「三日寝かせておいてやったのを、ありがたいと思え」

じっとりと雨の降る朝、子供は再度マーガレットの部屋に立たされていた。

「さて、名を聞こう。おまえの口から聞きたい。名を何という？」

マーガレットは中央のテーブルの端に腰をもたせ、股を開き、腕組みをして子供を眺めていた。鞭が腕の間に刺さり、垂れ下がったしなやかな先が、床に近い所で揺れている。意地悪い薄笑いを浮かべたマーガレットが、「名を言え」とまた言った。子供は鞭の先を見つめて、自分の体も同じように揺れているのか、それとも鞭の先だけなのか、わからない感じがした。自分の大きな皮靴が音を立てて初めて、倒れそうになったことを知り、体を立て直した。ジェームズから教わったことを思い出す。両手を組み合わせて「ご主人様」と言うのだ。言わなければいけないと思っても、唇が言うことを聞かなかった。

「名を言えと言われたら、名を言うことを教わらなかったのか。甘ったれがここで通ると思うな。五つ六つといえども、ここには不作法者はおらん。おれの気が短いということを、身をもって知れ」

鞭が振り下ろされ、子供の腰から脚へと斜めに当たって絡みついた。そこを引かれたので、足をすくわれて横に倒れた。そのあと、覚えのある乱暴な力によって引きずられていき、例の鉄輪にあっという間にひと縛りされた。今度は片方の腕を自由にされたままだったが、それは何の足しにもならなかった。かえってゴロゴロと安定しない背中や肩や腰に、鞭が容赦なく当たり、顔や胸をかばうのに必死な思いをしなければならなかった。弱っていた体はひとたまりもなく、ぐったりとなった。

「またやられたのかい」

子供が運び込まれてきたとき、ナダが言った。

「お気に召されないんだね。かわいそうに。何とか少しでも気に入ってもらわないと、おまえさん、殺されちまうよ」

子供の服を脱がせ、けさ起こしたわらの上に、一時間とたたないうちにまた寝かせることになった。前回と同様、子供は非常に辛抱強く、ひたすら自分のうちだけで痛みと闘い、文句一つ言わない。

「おまえさんみたいに世話の焼けない子は初めてだよ」

しかし子供は重傷で、ナダの手当てと看病はよりこまやかになった。絞った布で絶えず体を冷やしてやったのだ。枕元にはいつも一杯の水があり、下に敷くわらの量も豊富だった。それでも、二日間水ばかり飲んだあと、三日目のスープを吐いたので、これはもう終わりかとナダは思った。四日目になって、徐々に熱が下がり始めた。回復は遅く、どうにか起きられるようになったのは十日目だった。

「おまえさん、声が出ないわけじゃないんだから、ちゃんと口をきかなけりゃいけないよ」

ナダは窓の下の明るい場所に陣取り、縫物をしながら子供に話しかけていた。子供はわらの上に座って、スープの中のカロ芋をつついている。ナダの部屋は廊下のように細長くて、入り口のドアから向こう側の窓までの長い壁には、ベッドや小机、数脚の予備椅子のほかに、たくさんの戸棚があった。その引き出しの一つ一つに印が付けられ、マーガレットの衣類や日用品、カバン類、そして特殊な鞭や古い鞭、その他もろもろが仕分けてしまわれている。

「『お嬢様』と言ってごらん」

針を通しながら聞き耳を立てたが、それらしい声は聞こえてこない。

「意固地になっているのかい？　大旦那様の所で甘やかされちまったんだねえ。あたしでさえイライラすることがあるんだから、気の短いお嬢様に我慢できなさるはずがない。どうやらそのわらの上が、おまえさんの死に場所になりそうだよ」

ナダは顔を向け、子供の小ささを眺めて首を振った。

「何としても『お嬢様』と言うんだよ。うわごとじゃ『助けて』と言えるんだから、頑張って言ってごらん。ん？」

子供は少し顔を上げて、ナダを見上げた。それから、彼女の赤黒い二の腕にある、ザゴボ族特有の入れ墨に目を落とした。

「どうして言えないんだかねえ。簡単なことじゃないか」

気をもんでいる優しい情が伝わってきて、子供はスープの上にうなだれた。しばらくかき回していたが、やがて小さな唇を動かした。

「お嬢様、助けて……」

あまりにいじらしかったので、ナダは縫物を置いて子供のそばへやってきた。自殺をひるがえした者でも見るようなホッとした顔で、子供の目元の汚れを太い親指で拭ってやった。

「いい子だね。おまえさんがいい子だってことは、ひと目見た時からわかっていたよ。少しずつ言葉づかいを教えてあげようね。大人だろうが子供だろうが、お嬢様は容赦なさらないからね。『お嬢様、助けて』じゃないんだよ、『お嬢様、お助けください』と言うんだ」


三たびマーガレットの前に立ったとき、子供の足はすくんでしまい、何もされないうちから体が震えた。マーガレットは黒目を動かして子供を一瞥した。

「おびえることを覚えたか」

大きな窓が開いており、濡れた石畳をカバンを提げた男が帰っていく。窓のそばに立つマーガレットの位置から、それが見えた。門番が門を開けて男を見送り、雨が降っているのかいないのか、はたと空を見上げてから門番小屋に入っていった。マーガレットは新しい仕事の請負契約書をテーブルに置き、壁に吊るしておいた細い鞭を取り上げた。それを二つ折りにしながら、子供に近づいていった。

「名を言え」

硬い柄のほうを子供のあごに当て、低い太い声を出した。それは、容赦せんから覚悟しろ、と聞こえた。子供は喉が詰まり、顔からみるみる血の気が引いていった。立っていられなくなり、倒れまいとしてフラフラと歩き出したが、重い皮靴が自由にならず、後ろの壁に当たってそこにもたれかかった。そこで短く息を吸い、聞き取れるか取れないほどの細い声を出した。

「名前はわかりません」

「自分の名がわからんだと？　馬鹿か、おまえは」

上体を持ちこたえていた膝から力が抜けて、子供は片手を床に付いた。立ち上がるための何か取っ掛かりを探して、もう一方の手を壁にはわせているところへ鞭が飛んできた。指がちぎれるような痛さだった。

「自分の名がわからんとは何だ。おまえは赤ん坊か？」

鞭が振り上げられる気配がした。さっき自分をこの部屋に入れるときに、ナダが何度も言っていた。『お嬢様』とお言いよ。死んでもいいからお言いよ——子供は必死の思いで口を開いた。

「いろいろに呼ばれていました。どれが本当か、わかりません……お嬢様」

マーガレットは動作を止めて、しばらく考え事をした。それから鞭の先をポンとはじいた。それはしなやかな曲線を描いて宙に舞い、両手を付いた子供の肩にだらんと乗っかった。血に染まって黒く汚れた、醜いうろこのある細長い生き物は、子供の首から垂れ下がって、ゆらゆらと揺れた。

「ふん。名がないのか」

マーガレットは子供のそばにしゃがみ込んだ。

「なら、おれが名付けてやろう。おまえの名はリミだ。よし。わかったら立て」

リミは壁を頼りによろよろと立ち上がった。目の前にマーガレットのつり上がった大きな目があった。あわてて目を伏せた。恐ろしくて見ることができなかった。マーガレットは、ふふん、と笑った。

「おれの面白いおもちゃになりそうだな」

六

フローラとチャーリーは、この国に移住してきた当初から家族ぐるみの付き合いがあり、幼なじみだ。十歳のときに結婚の約束を交わした、とフローラは言うが、チャーリーは笑って「嘘だよ、そんなこと言ってないよ」と言った。

チャーリーは背が高く、ある種の土着民のように髪を短くし、毎朝、顔を洗うついでにその石鹸の泡を上に持って行き、頭も洗ってしまうと言う。そして、アメリカの親戚から送られてくる玉ねぎを、生のまま丸かじりするそうだ。親戚というのは材木屋なのに、売るほど玉ねぎを作るらしい。そんなチャーリーは強くて粗野に見えるが、意外と物知りで面白いことを言う。そのためクラスを超えて女生徒達に人気だ。フローラはそんな彼にやきもちを焼き、独り占めしたいと思うのだが、彼のほうはフローラと二人きりになるのを、なんだか避けているようにサリーには見える。フローラが彼を誘えば、彼はフローラと仲良しのサリーも一緒に、といつも言うのだ。フローラのために仕方なく付き合ってやるが、気が進まないときもある。

「じゃ、デュランも誘いましょう」

と、フローラが言うと、サリーもチャーリーもそれには乗り気でない。それで遊びの企画がいくつもおじゃんになった。それでも、フローラを通してサリーに近づけたチャーリーは、サリーの関心を引きそうな問題や、ちょっと微妙な話題を吹っかけては、いろいろ模索してくるようになった。うかうかそれに耳を貸してしまうと、いつの間にか話を変えられ、恋愛談議を聞くことになったり、危うくデートの誘いに応じそうになるのだった。

「あなたのチャーリーには油断ができないわ、フローラ」

「あたしは油断しているんだけれど」


ある朝、サリーが一人佇んで廊下の窓から空を眺めていると、すぐ後ろにチャーリーが来ていた。

「なぜ人はペットを飼うのか。ペットに癒しを求め、惜しみない愛情を注ぐのか、理由を考えてみたこと、ありますか？」

廊下に出ているのは二人だけだった。教室の中では、スーザンを取り囲んで皆がワイワイしている。子犬をカバンの中に入れて教室に持ち込んだスーザンが、皆に見せびらかしているのだ。

「人間は人間関係のストレスに苦しみ、ルールやしがらみでがんじがらめになって生きている。ペットにはほぼそれがないように見える。自由気ままに生きているように思えて、羨ましいんだ。そんな自由気ままのおこぼれに与りたいんじゃないかな、人間というのは」

たいていは夜眠る前に夢の子供がそっとやってきて、数十分から数時間、物語を展開していくのだが、突然思いがけない時に出現することもある。一度などは、振り向いたら後ろの柱に立っていたということがあり、そのときサリーは長いことまじまじとその柱を見つめてしまったものだ。幻覚だとわかっていながら、視線をはずすことができなかった。幸い傍《はた》から怪しく思われることなく、先を行く友達に合流できたからよかったが、幻覚というものの現実感に圧倒された経験だった。

このときも、廊下が静かだったせいか、サリーは窓から外の景色を見ながら、昨夜のめくるめくストーリーを思い出してしまった。夢想の世界に深く入り込み、意識を現実に戻すのに時間がかかって、チャーリーの言葉がまるで頭に入らなかった。

「いつもぼんやりしているんですね」

今いる場所がハイスクールの教室の廊下だと、サリーはやっと認識できたようだった。

「まだチャイムは鳴っていないでしょう？　教室は何を騒いでいるの？」

「君はもうちょっと青春を楽しんだらどうです？」

チャーリーから思わぬ言葉が飛び出した。そんなことを言われるほど親しくないはずだ。三人でいるときにも、必ずフローラを真ん中にした。

「青春なら十分楽しんでいます」

サリーは冷ややかに答え、教室の中に入ることにした。チャーリーが急いで言った。

「なぜ自分から世界を狭くしてしまうんだろう。君は人生の半分を損していますよ。恋愛を恐れているように見える」

「恐れてなんかいないわ」

彼を相手にすまい、と思いながら、応じてしまった。

「女性が私に接してくる気持ちはさまざまだけれど」トルストイの有名な本の出だしをもじらずにいられなかった。「男性が私に接してくる気持ちは、どれもこれも判で押したように一様なので、つまらないんだわ」

「誰が君の氷の心を溶かすんだろう。君はオールドミスになる柄じゃないのに、まるでその道を突っ走っているように見える」

腹立たしいほど余計なお世話だ。これで会話は終わり！　口をつぐんで教室に入ろうと窓際を離れたとき、信じられない言葉が耳に飛び込んできた。

「君の『お人形』は逃避ですよ。現実からの逃避」

怒りにむせかえって足が止まった。フローラのおしゃべり！

「君みたいに聡明な女子には必要ないのに、どうしてだろう。僕にはそれがわからない。子供の夢を見るより、現実のほうがはるかにすばらしいのに。現実はずっと複雑でややこしい。だけど、現実の恋愛が広い世界を開かせてくれるんですよ。恋愛こそが、一層まぶしく君を輝かせてくれるものだ、って僕は思っているんです」

サリーの足が動き出す前に、チャーリーが挑戦的に畳みかけた。

「君のその夢が何か、僕は知っています。白昼夢ではない」

サリーはドアに手をかけたが、思わず次の言葉を待った。チャーリーは少し間を置いて続けた。

「『代償行為』というんです。恋愛の代償に、夢を見て自分を慰めているんですよ」

サリーは勢いよくドアを開け、振り向かず、答えず、暴言に耐えて教室の中へ入っていった。

後ろからとどめの言葉を浴びせられた。

「やっぱり、この真実を直視できないんですね」

いきなりスーザンが子犬を掲げてサリーの顔の前に突き出したので、サリーはのけぞった。

スーザンの後ろにフローラがいた。フローラの顔を見るのもいやだった。

「秘密をばらしてしまったことをあなたに謝ろう、謝ろう、って苦しんでいたの。つい口を滑らせてしまったら、チャーリーがしつこく追及してくるんですもの」

フローラの言い方やしぐさ、その醸し出す匂いから、サリーの頭に或る疑念が浮かんだ。

「あたしね、もうあなたにはばれているでしょうけど、チャーリーを愛しているの」

二人はフローラの部屋にいた。サリーが何も言わないので、熱っぽくなったフローラが告白した。

「あなただって、サリー、本当に人を愛したら、狂ってしまうわよ。理性もなくなって、コントロールもできなくなって、もうどうなってもいいと思ってしまうのよ。あなたがきれいごとを言ってられるのは、まだそんな経験がないからだわ」

「それほどまで人を愛することって、私にはないかもしれない。でも、もし人を深く愛することになったとしても、そんなふうに理性をなくしたり、狂ったりなんか、絶対にしない。この胸にペンを突き刺してでも、私は自分を抑えるわ」

そんなことできるはずがない、という聞こえないぐらいの声が漏れてきた。二人はしばらく黙ったままでいた。理解できない、とお互いに考え、気持ちが離れていくのを感じる。重い沈黙が流れた。サリーの疑念は確信に変わってしまった。低い声でフローラに尋ねた。

「あなた、チャーリーに……体を許してしまったの？」

沈黙はさらに重くなり、それを破ったのはフローラのすすり泣きだった。

イルーネの猛烈な皮肉をかわし、反対を押し切って、サリーはノストラサン大学に入学した。祖父母に自分の結婚資金を拠出してもらい、晴れて寄宿生となって、イルーネの日々の皮肉と圧力からようやく解放された。四年の間たゆまず勉強し、女教師にふさわしい知識と威厳を身につけよう。四年経ったら、どこか田舎の学校、まじめで地味な中学校に就職しよう。聞き分けのない幼児でもなく、生意気な半大人でもない、言うことをよく聞く、心の柔らかな生徒たちは、きっと自分を慕ってくれるだろう。そんな漠とした将来図を心に描きながら、ハイスクール卒業後、ひとり旅立っていった。

七

子供はナダの部屋から、廊下を隔てた向かいのマーガレットの部屋へ鈴で呼ばれていっては、足を引きずったり、這ったり、血を滴らせたり、気を失いそうになったりしながら戻ってきた。

「いい慰みものにされてしまったもんだ」

ナダは根気よく奴隷達の食事室から子供の分を運んできてやり、傷の手当てをしてやった。子供はあまり食べず、元気がなく、青白い顔色をし、いつもどこか痛みに耐えている様子でわらの中にうずくまっていた。もう長いことはなさそうだ、とナダは考えていた。

ある日スプーンを持たせようとすると、その力さえないようなので、ナダはしゃがみ込んで「大丈夫かい？」と聞いた。子供の口にスープをすくって持っていってやるが、子供はただじっと壁に寄りかかってわらの中に座り、口を開けることも、拒むことも、どちらもできないでいた。仕方なく小さな顎に手を当てて口を開けてやると、その指に血がしたたり落ちてきた。ナダは、死んでいく子供の最期を見る思いで、頼りない首を起こし、口の中を覗いてみた。マーガレットが何をしたか、その痕跡がたくさん見つかった。ごつい指を子供の口に突っ込んで、痛めつけては笑っているのだ。さらにそこへ塩を押し付けたりして、おとなしい子供が少しでも悲鳴をあげたり、もがき苦しんだりするのを、大笑いするのだろう。

「ピストルか何かでいっぺんにやってくれたほうが、まだ慈悲があるというもんだ」

ナダは水を汲んできて、苦しがる子供の口をすすいでやり、自分で寝ることもできない小さな体を、いたわりながら横にしてやった。

「お眠り。そして、早く神様の所へ行かせておもらい。そのほうが幸せというものだよ」

それでも非情な鈴が鳴る。ナダが行くと、

「リミをよこせ」

と言われた。来られる状態ではないことをナダは説明するのだが、マーガレットは怒るばかりだ。ナダは子供を起こした。

「最後のお勤めだよ。これきりで神様の所へいけるんだからね。もう少しの辛抱だ」

ナダに支えられてマーガレットの前に立たされた子供は、もはやふるえることも、おびえることもなく、最後のとどめを待った。子供が倒れてしまうので、ナダは手を離すことができなかった。

「甘えるな」

マーガレットはそう言いながら、壁にかかった平たい鐘をたたいた。そして、やってきたペゴに、

「医者を呼んでこい」

と、命じた。ナダはびっくりしてマーガレットを見た。

「向こうへ連れていけ」


「おまえさんを殺してしまうのが、惜しくなられたんだね」

白シャツに鍰をあてながら、ナダが言った。子供は解熱鎮痛剤や栄養剤の注射で腕を赤く腫らし、わらの中に寝ていた。

「純粋なリム族の血だってことは、すぐにわかるもの。そんな子は、成長したら十倍の値で売れるからね。生かして大きくさせなきゃ損だって、お気がついたんだろうよ」

体は回復してきているのに、子供には起きる気持ちがないように見えた。仕事があてがわれているでなし、マーガレットに呼ばれるまでは、せいぜい怠けさせておいてやろう、とナダは

考えた。ところが、起き上がれるようになって一週間たっても、二週間たっても、マーガレットは子供を呼ばなかった。飽きてしまったのか、忘れてしまったのか、いつまで経っても放っておいた。ナダは、造作なく動けるようになった子供に、縫物を教えたり、衣類のたたみ方を教えたり、言葉づかいの練習をさせたりし始めたが、ついにマーガレットに、ニッパ小屋の子供達と一緒にしていいのか、それともずっと自分が預かっておくのか、尋ねた。マーガレットは忙しそうに書き物をしながら、

「一緒にしておけ」

と、答えた。

母屋の北側の外れにある子供達の家というのは、掘っ立て小屋の大きいものに過ぎず、屋根、壁ともニッパヤシの葉を加工したもので、蛮族ザゴボ人の家と変わりなかった。変わっている点といえば、ザゴボ人が床に竹を割ったものを使っているのに対し、板を敷いているぐらいなものだ。そこに、バニッグという、ニッパヤシやブリヤシの若葉を加工して編んだ支那のペテ風の敷物を敷き、その上に木枕を置いて、木綿の蚊帳の中に二十人余りの子供達が雑魚寝をするわけである。ほとんどが十二歳以下の子供で、それ以上になると振り分けられ、男の子は力仕事へ、女の子は売られていくか、もしくは洗濯女や掃除女や炊事女などになる。

子供達の昼間の主な仕事は、ニッパ小屋の前に毎日うず高く積まれる、むいてもむいても一向に減らないカロイモの皮をむくことだ。そのカロイモは料理室へ運ばれ、仕事から帰ってき

た男達の主食になった。食事は、肉しか食べない別格のマーガレット以外全員、別棟にある食事室で取ることになっている。まず現場に出ている監督や執事のペゴから始まり、次に力仕事に携わる男達、門番、そのあと見習いや手伝いの小僧ども、働く女達と続き、最後になってやっとニッパ小屋の子供達の番が回ってくるのだ。そのころにはカロイモは煮崩れて形がなくなり、肉の破片は探しても見つからず、スープは薄められて水のようになっている。それでも取り合って争いが起こるので、子供達に仕事をさせ、食事をさせ、寝かせる監督役の女の短い鞭は鳴りっぱなしだった。で、彼女は疲れ果て、夜になって別棟の自分の部屋に引き取ったあとは、ニッパ小屋の中で何が起ころうと、翌朝になるまで起きないのだった。

新参者の小さいリミは、手足をつねられる、食事の肉片を盗まれる、毛布を取り上げられるなど様々な意地悪をされたが、マーガレットの凄まじい仕打ちに比べれば、気にとめるほどのこともなかった。だが、その中で一つだけ、本能的に恐ろしいと思うことがあった。鞭でハッパをかけられながら、手にまめを作ってカロイモをむき続ける子供達にとって、夜は唯一の遊びの時間だ。十二の男の子といえば、もう性的な興味を起こしている。必然女の子の子が犠牲者が出る。痛くて泣き叫ぶ子、血を流す子、毎晩のように女の子がいたずらされ、いじめられるのを目の当たりにしながら、リミはやがて自分の番が来るのを、不安な思いで待っていた。

子供達の監督女は、バニッグのあちこちに染みついた汚れが、何を意味するか、もちろんわかっていた。だが、小さい子に赤んぼうができることはない。マーガレットは大人の使用人達の営みには目を光らせている。見つければ容赦しない。妊娠中の女は役に立たず、生まれた赤ん坊は手間がかかるし、売っても二束三文にしかならないので、損失以外の何ものでもないからだ。だが、子供達の遊びには関心がない。監督女はそれを知っている。

ある暑い夏の午後のこと、皮のむけたカロイモを大ざるに入れて、子供達四人で母屋の炊事場へ運んだ帰り、ばったりマーガレットに出くわした。三人は逃げ出したが、リミは見つめられて足がすくんでしまい、動けなくなった。

「リミか。久しぶりだな。返事の仕方を忘れたか」

鞭の柄をあごに当てられて、リミは言わなければならない言葉を思い出せなかった。

「痛い目が見たいか。よおし、それならば来るがいい」

先にたって歩き出すマーガレットのあとに続こうにも、リミの足は震えてどうにも力が出なかった。マーガレットが引き返してきた。振り下ろされた鞭がリミの体に食い込み、まるで肉を削り取られるようにしてなぎ倒された。

「ここで打ちのめされたいか。さっさと来い」

リミが懸命に立ち上がるのを見定めて、マーガレットは長い通路を渡り、階段をのぼって自分の部屋までやって来た。リミにとっては目を覆うばかりに恐ろしい部屋だった。頭をぶつけられたテーブルの角、吐いて汚した隅の床、血が出るまでこすりつけられた柱の出っ張り、首に巻かれて締め付けられたカーテン、どれもこれもめまいがするほどの恐怖を呼び起こした。

「なつかしいか」

マーガレットは鞭を掛けてある壁へ寄っていって、細いものに取り替え、床にはたいて試し打ちをした。そのゾッとする音はリミを縮み上がらせ、ほとんど失神させそうだった。

「座れ」

背もたれの低い椅子の一つを指し、自分は大テーブルの上に腰をかけて、片足を宙に浮かせた。そうして、恐る恐るぎこちなく座った子供の、リムの血を引く顔をしばらく眺めた。わずかに小麦色を帯びたなめらかな肌、短い褐色のやわらかな髪、悲しみをたたえた繊細な表情、親指と人差し指だけでつかめそうな細い首。あどけないながらに、なんという未来の美しさを秘めていることか。マーガレットは見入り、鼻で笑い、また見入った。それから何か言ったが、子供には聞きとれなかった。

「笑ってみろ、と言ったのだ」

二度言われたが、やはり意味がわからない。笑うとはどういうことだろう。自分はそれを知っていたかしら。

「おれを怒らせるな」

マーガレットは警告した。しかし、子供は全くどうしていいかわからない。不気味な沈黙のあと、突然椅子が蹴飛ばされて横ざまにひっくり返り、体が床に投げ出された。と思うや、覚悟したとおりの鞭がやってきて、背中や腰の上でのたうち回った。

「覚えておけ。おれは気が短いのだ」

腹八分ならぬ腹五分といったところでマーガレットは鞭を置き、黒机に向かった。子供は起き上がるためにもそもそ動いたが、ひっくり返った椅子に靴が引っかかってもたついた。

「早く出ていけ。なんだ、そのぶざまな靴は。ふむ……おまえに靴でも買ってやるとするか。鞭を買いに行くついでにな。ほかにもいろいろ」チラシをひっくり返して見た。「面白いものがありそうだ。よし、明日の朝、もう一度ここへ来い。わかったら返事をしろ」

必死になって、はい、と言う子供の声がした。椅子がそろそろと元に戻され、ドアが細く開き、ゆっくり閉められ、ガチャッという音がした。

食事に行かずに小屋の中で体を休めていると、背は低いが、すでにがっしりした体格の、ウェリと呼ばれる年長の男の子が入ってきた。十歳で蛮族の山から捕らえられてきて、二年経ったから十二歳と勘定されているが、恐らくもう一つか二つ、上と思われる。女の子泣かせのいじめっ子なので、監督女もウェリには気がついており、もうここから出したほうがいいと考えている。

彼はうつ伏せに寝ているリミを、わざと踏んづけて通った。元気な体だったら、リミは黙って耐えるのに苦労しないところだ。しかし、いま鞭打たれてきた背中に、いきなり重い体重をドンとかけられて、思わずうめき声をあげてしまった。彼が立ち止まった気配に気づき、よじらせた身を静かに元に戻して、そっとしておいてくれることを願いながら、息をひそめる。

「ふうん……」というウェリの声が聞こえた。彼は自分の寝床へ歩いていき、他人の食べ物をふんだくって入れておくための袋を取り出してから、どたどたと出ていった。

その夜、監督女が横たわった子供達をひとわたり見回してランプを持っていってしまうと、例によって蚊帳が外され、子供たちの騒ぎが始まった。遠くで雷が鳴っており、ときどき部屋を照らす稲光によって、騒ぎの悲惨な様子が鮮やかに見渡せた。寝ているといたずらされ易いので、リミは体を起こし、陰湿な遊びの相手にするにはまだ小さ過ぎるために、見向きもされない一団に交じった。この時間が早く過ぎてくれるように、ひたすら祈りながら。

目をキョロキョロさせて誰かを探しているウェリの姿が、突然稲光に照らし出された。同時にこちらの姿も照らし出されたということだ。果たしてリミは腕をぎゅっとつかまれ、年少の一団から引きずり出されて、傷ついた背中を足蹴りされた。

「見ろよ。こいつ、かなりやられているぞ。俺がダメ押ししてやろう」

そのときのことだ。耳をつんざく雷鳴がとどろき、すぐ近くで大爆発が起こった。ニッパが爆風で吹っ飛び、柱が倒れ、小屋がひしゃげた。まもなく空から機関銃をぶっ放したかと思われるような、凄まじいスコールがやってきた。ひどい音にさすがの監督女も別棟から起き出してきたが、すぐそばの木さえ見分けられないありさまだ。かけつけた男達でさえ、雨の勢いに手が出せずに、少しおさまるのを待った。始まった時と同様、五分ののちには嘘のようにピタリと止んで、雷雨は去った。子供達はニッパやわらの中からずぶ濡れの顔を出し、驚いて泣くのも忘れている。引っ張り上げられ、びしょびしょの服を脱がされ、怪我がないかどうか調べられて、幾人かが別棟に連れていかれた。明日のための体力を蓄えておかねばならない男達が行ってしまうと、監督女はせっせと乾いたわらを馬小屋から運んできて、小屋の隣の草はらに敷いた。とりあえず明日の朝まで子供達をそこに転がしておこうという算段だ。

無残なニッパ小屋と、落雷に遭って真っ二つに割れたすぐ横の大木を眺めながら、子供達はわらの中に裸の体をうずめた。夜空は明るくなり、無数の星がきらめき、まるで何事もなかったように静かになった。

一度脱がされたびしょ濡れの服を、リミは再び纏っていた。わらの中は子供達でいっぱいだったので、濡れた草はらに、じかに痛む体を横たえた。しばらくの間、ほてった傷口に、冷たい雨水を含んだ袖なし服の感触が気持ちよかった。が、服は乾かず、だんだん体が冷えてきたので、腫れ上がった背中をこすらないように脱がねばならなかった。裸の背中を下にすると、飛び上がるほど痛かったが、それに慣れるころ、濡れた大地の冷たさがほどよく伝わってきて、楽に息ができるようになった。

リミは胸の上で手を組み、夜空いっぱいの星を見つめた。星の光は次第にかすんで一つに溶け、細かく揺れ、あふれたと思うと、再びはっきりとして遠くへ無数に散らばった。が、またすぐにゆらゆらと一つになり、あふれ、こめかみを伝って流れ落ちた。

「苦しいのですか？」

天上から声が聞こえた。

「はい」

リミが答えた。

「そんなときには、私がいることを思い出しなさい」

リミは手を固く組み直してあごの下に置き、神様、と呼びかけた。

「どうかおそばに行かせてください」

「楽になりたいためにですか？」

リミは、はい、と答えた。

「ですが、まだおまえの来る時ではありません。私が呼ぶまでは苦痛に耐えるのです」

「いつ呼んでくださるのでしょう？」

「まだまだ先のことです」

「そんなに長く？」

返事はなく、一片の雲に覆われて星がいくつか消えた。リミはがっかりし、組んだ手の力が抜けた。と、耳元にいきなり乱れた息が吹きかかり、黒い塊が荒々しく覆いかぶさってきた。けだものの強い腕は、簡単にか弱い子供の体を押さえつけることができた。恐れていたその時の来たことを、リミは理解した。もし今日の鞭を受けていなかったら、この広い草はらで逃げ切る身の軽さを持ち合わせていたのに、痛めつけられた体は、抵抗する何の力も出せなかった。

観念したとき、鞭の炸裂する鈍い音が響いた。最初リミは、自分がそれを受けたのだと思った。まぎれもなくマーガレットの二号の鞭の音で、実際に自分の体に振動が伝わり、激痛が走ったのだから。しかし、続けさまに打ち下されたとき、苦しみもがいたのは自分ではなく、上に乗っかったウェリだった。

「いいことをしてくれるな、小僧」

マーガレットは、逃げようとするウェリを鞭で捕らえ、草はらに転がし、こっぴどく殴打し始めた。

「小屋がつぶされたといって、起こされて見に来てみれば、このざまだ」

二号では物足りないかのような勢いで、頭や顔もお構いなしのめちゃくちゃな乱打だった。

「おれの嫌いなことをする奴には、二度と立てんようにしてやる」

マーガレットはふと打ちやめた。そして、生温かく感じる自分の足を見下ろした。そこには、どうかお嬢さま、どうかお嬢さま、とすがり付くリミがいた。マーガレットは後ろのペゴを呼びつけた。ニッパ小屋の倒壊はペゴに伝わり、彼がマーガレットに「夜中ではございますが」と言って報告したものだ。

「この泣きわめいている小僧の、何をちょん切ってやれ」

そう命じると、マーガレットはリミの腕をつかんで母屋へ入っていった。

「いやだよっ、いやだよっ、もうしないから勘弁してよぉーっ」

と、泣き叫ぶ声が次第に遠くなっていった。リミはナダの部屋に放り込まれた。

翌朝、マーガレットの朝食後、部屋のドアが弱々しくノックされた。

「入れ」

ドアが細く開き、リミがそろそろと横に体を滑らせて入ってきて、壁を背にして立った。

マーガレットは黒机に向かって椅子の背もたれに重く寄りかかり、折りたたまれた紙でもって机の上を軽くたたいていた。窓の外を見ているが、心ここにあらずといったふうである。机の下の床に、破かれた封筒が落ちているのを見つけた。リミは歩いていって拾い上げたものかどうか考える。すぐ鞭が飛んできてその暇はないかもしれない。そう思ったが、マーガレットがなかなか動かないので、ぜひ言いたい言葉を抱えていることもあり、勇気を出して歩いていった。小さい体を机の下にもぐり込ませ、封筒を拾い上げた。それを机の上に置くと、ようやくマーガレットが目を向けた。

「ゆうべは……」

リミは言いよどんだ。しかし、殴られる前に、みんな言ってしまわなければならない。

「助けていただいて、ありがとうございました」

考えてきた言葉をひと息に言い終え、あとはマーガレットの制裁を待つのみだ。だが驚いたことに、マーガレットの目つきがぼんやりしていた。

「ああ、おまえか」

彼女は、持っていた手紙を置いて手を伸ばし、朝の光に映える、愁いを含んだ小さな青白い顔を持ち上げて、そのあごを撫でるのだった。

「ゆうべか。ふん――そうだ、おまえの笑顔が見たい。うれしかったら笑ってみろ」

それが穏やかな調子なので、リミは笑い方を知っているような気がした。だがやはり、どうやったら笑顔になるのか見当がつかない。

「どうしたらいいのか……」

「わからん、と言うのか」

マーガレットは太い腕を組んで椅子を後ろへずらし、革の編み上げ靴を履いた足を、一本ずつ机の上に、ドスン、ドスンと乗せた。それから目をつむり、椅子をギーギー鳴らしながら巨体を揺すった。いつもと勝手が違って子供は面食らった。どうやら自分の存在を忘れてしまったらしいマーガレットの前に、このまま立っていていいものやら、引き下がっていいものやら、途方に暮れた。リミの背の高さは、顔が辛うじて机の上に出るか出ないかで、机のものは横からしか見えない。手垢に汚れた鞭の柄が、こちら向きに置いてある。そばに折りたたまれた便せんがあって、わずかに開いていた。斜めからいくつかの文字が読み取れた。『おまえの父親』『監獄の中で』『死んだ原因は』などなど……。リミはしばらくそこに立っていたが、そっと机を離れ、静かにドアを開けて出ていった。

「おまえさんへの風当たりも、峠を越したようだね」

ナダはそう言ったが、とんでもなかった。おとなしかったのは二、三日のことで、そのあとの猛々しさは、さすがのペゴも近寄れないほどだった。

「なぜ私の笑顔なんか、ご覧になりたいのでしょう」

などと、うっかり言ってしまったとき、リミは短い髪を無造作につかまれ、引きずられ、いつもとは逆に鉄の輪に括りつけられた。つまり左側に右手、右側に左手を縛られたので、真正面にマーガレットのどぎつい目と、荒々しい形相を見ることになった。

「命が惜しいなら、おれを怒らせるのをやめろ。できればおまえを殺したくないのだ。だが、おれを怒らせたときには、おれには分別がなくなる。覚えておけ。おれに殴り殺されないように、考えてものを言うのだ」

「命が惜しくはありません、お嬢様」

その身の投げ出し方には、早く致命傷を負って死んでしまいたい、そのためならもはやどんな痛さにもひるまない、引きちぎられようと、押しつぶされようと、それで死ねるなら耐え忍ぶ以外にない、といった覚悟がうかがわれた。マーガレットのはらわたが、むらむらと煮えくり返った。リミの顔に唾を吐きつけたあとの強烈な一撃は、子供の耳から肩、胸を通って腹に抜けた。それから短い髪の中に大きな指が入り込んできて、握りつぶさんばかりに力が入れられた。

半狂乱の鞭うちの末、マーガレットは我に返り、テーブルに鞭を投げ出して部屋から出ていった。

死ぬことも気絶することもできないときには、ただ苦しみに耐える以外、方法はない。子供は明るい窓の方向に顔を向けた。

「神様。どうか私をお呼びください」

「耐えなさい。私のかわいい子供」

天の声が言った。

「どうしたら耐えられるでしょう」

「生きる望みを持つのです」

「もうその力がありません」

「ありますとも。ここへ来るには早すぎます」

「ああ、神様……」

「しっかりなさい。耐えられない苦しみをおまえに与えているわけではないのです。私の所へ来られるように努めなければなりません」

こっそりドアが開き、テーブルの上の鞭が片付けられ、ひっくり返った椅子が直され、冷たいタオルがリミの額、頬、あごに当てられた。

「やられたね。お嬢様のおっしゃることは何でもきかなけりゃいけないよ。鞭を避けるにはそれしかないのさ。だけど、おまえさんはどうしてどうして、お嬢様のお気に召されていると、あたしの目には映るね」

「そんなことしたら、こっちがやられちまうよ。『片付けとけ』ってご命令に、縄をほどくことが入ってるとは思えないからね」

「ナダ……縄をほどいて……」

「ナダ……行かないで……」

「おまえさんが甘えるなんて、珍しいね。水が欲しかないかい？　水を持ってきてあげよう」

「ナダ……神様はどこにいらっしゃるの」

「天国だよ」

「私は天国に行ける？」

「身も心もきれいならば、行けるだろうよ。おまえさん、唇が切れているじゃないか。もうしゃべるのはおよし」

現場の仕事から帰ってきたマーガレットが、ぐったりしているリミをほどいてナダに渡したのは、何時間もたってからだった。

八

サリーは念願の寄宿生になったものの、寄宿生活を楽しんでいるとは言えなかった。気の合う同級生があまりいなかったからだ。知って驚いたことがある。親元を離れた女学生は、そのほぼ百パーセントが身を持ち崩す、ということだ。とても彼女らの話の中には入っていけなかった。ああして恋にかまける姿は見苦しい。時には不潔さまで感じる。

〈間違っても私は、あんな醜態はさらさない。人を愛して狂うくらいなら、そんな愛なんか捨てて、理性を取り戻すほうを選ぼう〉

同級生たちのほうでもサリーを敬遠した。あんな堅物は肩がこる。煙たい存在でしかない――

サリーと考え方・感じ方が似ており、最初に意気投合したのは副学長のクローマだった。その老婦人が第一回目の講話で話していた内容を、サリーは覚えている。

「一番いい方法は学問です。学問が一番いい方法です」クローマは力説した。「人は自分のうちにある様々な蛇と闘わねばなりません。すなわち欲望、怠惰、憤怒、憎悪、邪淫、嫉妬――」

サリーは早速副学長の部屋を訪ね、意見を交わしたり、逸れた話に夢中になったりし、あっという間の一時間を過ごした。

「あら。あなたとお話していたら、楽しくて、頭痛が治ってしまったわ。ついさっきまでひどく痛かったのに」

またいらしてちょうだい、と言われ、その言葉に甘えて、サリーは何度も足を運んだ。だが、ますます頭を占領されるようになってきた夢の子供のことだけは、話すつもりはなかった。これは自分の胸のうちに秘めておこう、二度と他人に話すまい、と決めていた。

睡眠中の夢のように支離滅裂ではなく、それは長い一連の物語のように話がつながり、膨らみ、支流へ流れ、本流に戻り、また別の大河へ流れ込み、ときには深い意味を持って、生きる指針とも糧ともなるのだった。片時も忘れられないこの白夢《はくむ》は、いったい何なのだろうか。一つだけわかっていることがある。夢の子供は、現実には決して存在しない、ということだ。

〈中学教師を、ある程度の年数務めて貯金ができて、生計が立てられるようになって、先の生活の目途がついたら、この千の夢の話を童話にしてみようかしら。きっとステキなものができるでしょう。でも、とても全部は書き切れない。千のストーリーの中からいくつかを選び出すって、これほど難しいものはないわ。いったいどれが本流だというの〉

その年のノストラサン大学のバザーには、びっくりするようなものがたくさん寄付された。辞書、古本、コーヒー、缶詰、服や帽子ばかりでない、変わりどころで日本の扇子、インドの木彫り像、伯爵愛用の鞭、王室の鏡まであった。宣伝が行き届いたのだろう、当日の日曜日には広い校庭が、一頭立ての軽快な馬車、豪奢な二頭立て箱馬車、そしてエンジン付きの自動車やらで埋め尽くされた。大勢の当校学生が駆り出され、それぞれ小さな役割を与えられて、時間交代で働くことになった。

サリーら三人のグループが受け持ったのは、客を案内したり、迷子の子供を預かったり、落とし物を保管したりする係だ。朝のうちに一度、黒い目のクリッと大きい、どうやら迷子らしい6〜7歳の女の子を、スターラが引っ張って連れてきた。幸いすぐに母親が見つかった。

「あらあら、おちょろちい思いをちちゃったのね、ネッティちゃん。ちゃあ、いらっちゃい、抱っこちまちょ」

母親はベチャベチャ甘やかして子供を抱き上げた。立ち去る後ろ姿を見ながら、サリーはちょっと考えた。ああいう幼児言葉を、自分は夢のマリアに使ったことがない。なぜだろうか。たぶん親というのは、幼児の世界に自分が下りていくと考えるのだろう。サリーは夢の世界に、『おりて』行くのではない、『のぼって』行く感覚なのだ。いくら幼くても、ほとんど畏敬の念に近いものをもってマリアに話しかける。

午前中の受け持ち時間を終え、林に近い芝生に腰を下ろして、支給のサンドイッチを広げた。男子学生の一団がサリーたちの後ろを通りかかった。スターラは見上げてニッコリしたが、サリーはなみなみのコーヒーを、こぼさないように置くことに集中した。そのあと、レモンを取り上げて一口かじった。途端にぞくっと身ぶるいして顔をしかめたが、目の前の二人には、それがレモンの酸っぱさのせいか、それとも背中にいたずらされたせいなのか、区別できなかった。男子学生の一団の最後尾の一人が、サリーの背中をすばやく指先で撫で上げ、駆け去っていったからだ。スターラがサリーの後ろへ首を伸ばして、背中に何もついていないのを確かめた。

「ここの男の子達って、ほんとにいたずら好きよね。私はこの間、階段を下りているときに、後ろから首に息を吹きかけられたわ。思わず、キャ、って叫んじゃった」

スターラは、街の外れからこの大学まで歩いて通える所に住んでいる、数少ない学生の一人だ。多少は話のできる友達だとサリーは考えている。そのスターラに顔を向けて話した。

「心が育つ前の、つまり未成熟な男の子達って、私たちを性の対象としてしか見ることができないみたいだわ。こちらに意思があることも、感情があることも考えてみることはないのかしら。たぶん、私のどこかに隙があるんでしょうけれど……」

サリーは胸も豊かなほうでないし、髪も短くし、いつも同じ形の半袖の地味なワンピースを着ている。それもできるだけ裾を長くして、チラとも足を見せない。胸元をあけることなく、ボタン一つ外していない。しかし、ハイスクール時代と違って圧倒的に男子学生のほうが多いここでは、少ない女子学生に彼らの物見高い目という目が張り付いてくるのだ。

「無視するからだと思うわよ」アマロスが意見を述べた。「こっちを向いてくれるまで、あの人達、いたずらをやめないと思うわ」

アマロスは姉御肌で、いつも、ツン、とあごを上げている。いかにも世の中を知ったような顔で、飽き飽きしている話題だとばかりにものを言う。スターラには、アマロスもサリーも同じ人種に見えた。違いといえば、サリーのほうがずっと柔らかいのだけれど。

「でも、いたずらっ子って、かわいいわ」スターラが言った。「ときどき胸がキュンとする」

林の奥のほうで何か変な物音が聞こえたように思い、サリーはちょっと耳をそばだてた。が、何でもなかったようだ。大学の校舎は小高い丘の上に、多くの木々に囲まれて建ち並んでいる。その林があるため、にぎやかな街がすぐ近くにあるのに、喧騒はここまで聞こえてこない。騒がしいのはバザーの賑わいだけだ。

「サリーは、将来の結婚をどう思い描いているの?」

ほかのことを考えている間に、アマロスとスターラの話が進んだようだ。スターラに聞かれて、え、と答えに詰まった。だがそのあとは、正直に自分の気持ちを話した。

「私、結婚しないで一人で生きていこうと考えているの。そのために教師になって働きたいのよ」

「あら、私の姉と同じ」と、アマロス。「姉も、もてるうちはそれと同じようなことを言ってたわ。で、めっきり求婚が減ったころ、あわてて結婚したのよ。よりどりみどりで大金持ちの息子と結婚できる時期が永久に続くと思ったら、大間違いだわ」

「働くだなんて、どうしてわざわざそんな苦労を背負い込むの？」

アマロスの言うことが聞こえなかったように、スターラがサリーに尋ねた。

「大金持ちの息子を背負い込んで苦労するより、一人で自由に、気楽に生きていきたいと思うからよ」

「冗談じゃなく、あなた、本当に男の人が必要ではないの？　将来に男の人が全くいないって、考えられて？」

まじめな顔のスターラに、サリーは穏やかな笑みを浮かべて本音を言った。

「男の人がいても構わないの。ただそれが、私を束縛する人であっては、いやなだけなの。いろいろな意味で」

「それはお互い様なんじゃない？　男の人だって家庭を築けば、少なからずそれに束縛されて人生を送らなくちゃならないし。第一そういうことも、愛があれば〈束縛〉とは思わないはずだわ」

「ええ、スターラ。あなたの言うとおりだわ。でも――まだ私は浅いお付き合いしかしたことがないんだけれど、男の人達の精神生活って、わずかな言葉で事足りてしまうように思えてならないの。考える事って、勝つか負けるか、得か損か、せいぜいそれぐらいなんですもの。それを鼻先にぶら下げておいてあげれば、男子って、一生それで遊んでいられるんじゃないかしら、と思ってしまうわ。そして、感じる事って、楽しいか腹立たしいか、何々が欲しい、何々はいやだ――たったこれだけの境地に全部集約されてしまう、って思えることばかり、今まで経験してきたような気がするの。これでは、あまりにつまらな過ぎる――もちろん、自分の精神生活が豊かだと言うつもりはないけれど」

「でも、それだけだとしたら、むしろわかりやすくていいとは思わないの？　単純で、かわいいじゃない。私はほんとに、胸がキュンキュンしてしまうわ」

先月、林を通って街に出たとき、カロン川に注ぎ込む一、二キロ手前の支流に、一匹の大きな真っ白いアヒルを見つけた。以来、たいてい静かに流れに浮かんでいるのを見かける。岸のすぐ真下に浮いていることもあれば、遠く離れた川の小島近くに浮かんでいることもある。鏝のようなくちばしを水につけてから、ブルン、と尾を振る。物思わし気に孤独でいるそんな姿を見て、メスだろうか、卵でも持っているのだろうか、ひとりぼっちでは寂しいだろうに、とサリーは思う。不思議なものだ。一人で生きることを、力強く美しいものと考えるサリーが、動物の場合には〈番えてやりたい〉と思うのだったから。

「侮辱だわ」アマロスが怒っていた。「おとなしく聞いていれば、あなたは男性に対して恐ろしい侮辱をしているわよ、サリー。そんなんじゃ、男性とのいい出会いなんか、とうてい見込めないわね」

「そう取れてしまったのなら、私が言い過ぎたんだと思うわ。そういう生き方が悪いと言っているのではないの。それも一つの生き方なのはわかるの――」

さっきの男子学生の一団が林の中から出てきて、こちらへ引き返してきた。

「向こうで、小さい子供が鞭打たれているよ」

一人がスターラに向かって言った。

「やだわ、子供が鞭打たれるなんて。かわいそう」

スターラは言い終わらないうちに、目の前でサリーの顔色が変わったのを見た。

「子供って、女の子なの？　男の子？」

サリーが尋ねた。

「女の子に見えたな」

立ち上がって林のほうに目を凝らすサリーの様子が、案内しろ、と言っているように見えたので、男子学生は、こっちこっち、と歩き出した。サリーは急ぎ足でついていった。

林が終わる崖っぷちに数人の子供達が立って、何やら下の方を見物していた。崖というのは草の生えたゆるやかな斜面で、所々に角のように斜めに木々が突き出し、急斜面になる手前の所に金網が張り巡らされている。空中に高く舞い上がるしなやかな鞭の先が、まずサリーの目に入ってきた。それから、醜い大きな顔の黒マントの男。そして草の中に転がされ、声も立てずに執拗な鞭を受け続ける小さな非人の子供。サリーは疑念で頭を熱くしながら斜面を下り始めた。すると、マントの男が周りのざわめきに気づき、ふいに打ちやめた。彼は、倒れた子供の上に覆いかぶさり、まるで自分が打ったのではなく、いまかけつけた子供の父親のような表情になって、小さなあごを持ち上げた。意識があるのを確かめ、片腕に抱え込むと、馬車置き場になっている広場のほうへと運んでいった。サリーはその場に茫然と立ち、男の後ろ姿を目で追って息を弾ませ、男子学生に肩を抱かれているのにも気づかないでいた。

数秒後、我に返ったサリーは、いきなり小走りにマントを追い始めた。男が馬車の中に鞭を放り込み、傷ついた子供を乗せ上げたところで追いつき、呼びとめた。

「ぶしつけなことをお伺いするのですけれど、その子をどこで手に入れられたのか、知りたいんです。教えていただけません？」

つり上がった目が荒々しく振り向いた。そこに初々しい娘を認めると、男の厚い唇の間から、赤い肉がいやらしく覗いた。

「無礼ですな、お嬢さん」

彼はぐったりした子供の足から皮靴を脱がせ、具合よく馬車の座席に横たわらせた。

「その子に見覚えがあるのです。三年ほど前にメルフェノ森にいた子ではありません？　そこでお買いになられたのでしょう？」

男は悠然と踏み段に足をかけた。

「だとしたら、どうだと言うんだね？」

彼は馬車に乗り込み、バタンと扉を閉めた。

「こいつを見て、ぜひ欲しい、売ってくれ、と言い出す者がいるが、わたしは答えてやるのだ。

この子はわたしの棺の枕にするのだよ、とね」

　馬車の窓枠に太い腕をかけて、薄ら笑いを浮かべながらサリーを上から下へ眺め下ろし、やれ、と御者に命じた。

　芝生に敷いたまま置き忘れられたサリーのハンカチを持って、「子供はどうなったの」とスターラがやってきた。

「なんて汚らわしい、けだもののような男かしら」

　うめき声のようなサリーの言葉を聞いて、そばに来ていた男子学生が間違いを正してやった。

「あいつは女だよ、サリー。マーガレット・ホルスというんだ」

「まさか」

「本当さ。ラザールシティから西へ十五キロばかり入ったナボ村という所に、工場を持っているんだ。バオシティの僕のおじさんが、仕事関係で関わりがあって知ってるんだけど、そっちでは有名だって」

　マーガレットですって？　あんなお化けみたいなごっつい人が、どうしてそんな優しい名前を持っているの？　頭がクラクラした。何とか気を取り直し、スターラと一緒に戻っていったが、考えは混乱し、名もない感情が体をかけめぐった。

　見誤ることはない。あの男――いいえ、あの女が子供のあごを持ち上げたとき、何年も見続けてきた夢の子供がそこにいた。なんてこと！　私の夢の子って、あの子のこと？　いいえ、違う！　でも……。あの子は毎日ああして鞭打たれているのかしら？　とても胸が苦しくなる。考えてもしょうのないことで、私の力ではどうにもならない。それはわかっている。けれど……。ああ、これは何ていう気持ち？　名称はあるの？　心臓を人質に取られているようなこの気持ち……どこにもやり場がない……

九

マーガレットの鞭を受ける一番よい方法を、自分では知らずに学んだ者がいるとすれば、それはリミだった。ほかの者は皆、鞭の力に力でもって抵抗しようとするか、もしくは逃れようとするかであったが、リミは鞭に対して体を投げ出してきた。それは鞭打つ者に早く満足を与え、それ以上打つ気を失わせた。また、マーガレットを最も多く怒らせる者もリミであった。リミは、主人の機嫌を取ることを決して覚えることができないただ一人の奴隷だった。マーガレットは怒り心頭であったが、ナダは言うのだった。

「おまえさんほど、お嬢様のお気に召された者はいないよ」

雷雨の件以来、リミはナダの部屋に足台付きの板を置いて寝かされていたが、外では相変わらずの乱行が、マーガレットの目を盗んで行われていた。

「守られているのはおまえさんだけさ」

鞭の名品が出品されるとの噂を聞きつけたとき、マーガレットは、靴でも買ってやろうと考え、バザーの日にリミを連れ出した。ペゴに連れてこられて以来、初めて屋敷の門の外へ出た子供は、信じられない嬉しさに浸っていた。馬車の窓から見る景色のなんとすがすがしく、新鮮なこと！　高い塀に囲われた屋敷の中の空気と比べて、外の空気は何倍も軽く、ひんやりとしている。太陽はこんなに明るく、世界はこんなに美しかったのだろうか。青い空に浮かぶまばゆい雲。草原に人知れず咲く可憐な花々。山を下りてくる柔らかな風。風に乗って漂う樹木の匂い。自分はもう死んで天国にいるような気持ちがした。

子供があまり一心に外を見ているので、マーガレットは鞭の柄でつついてやった。反応がないので、

「何を見ておる？」

と尋ねた。子供にはそれも聞こえないようだった。鞭の柄で思いっきり背中をたたいてやると、窓枠に胸を打ち付けてやっと振り向いた。その顔の涙ぐんで感極まった表情を見て、マーガレットは外に何があるのかと、身を乗り出した。だが、左手に海、右手には前にも後ろにも、草原や、山や、川や、森があるばかりだ。

「何を見ておるのだ」

子供は小さな人差し指を出して、遠くの方角をさした。

「何だと？」

「森です」

マーガレットは、ふん、と鼻を鳴らした。

「森が面白いのか」

子供は、はい、とうなずいた。マーガレットはしばらく考えてから、

「帰りに寄ってやろうか」

と言った。こちらを向いた子供の目の輝きが、マーガレットには解せなかった。

しかし結局、バザーの鞭売り場までたどり着く前に、子供を打ちのめしてしまい、鞭も靴も何も買わずじまいで帰ってくることになった。

数週間後、新しい仕事の請負の件でラザールシティの役所へ出かける際、再度リミを連れ出した。用事を済ませた帰り、馬車を回り道させ、森の脇の道を走った。子供は窓に両手を置いて、うっそうとした緑の木々に見入り、鳥の声に聞き入っている。暗い奥に何か小動物でも見つけようと、立ち上がって身を乗り出す。落ちてしまいそうに夢中になるので、マーガレットは襟首をつかんで引き戻してやった。

「どうだ。馬車を止めて、降ろしてやろうか」

つい言ってしまい、取り消そうとしたが、感謝にうるんだ目を見てしまった。馬車が止まり、

ドアが開かれ、小さな足がそろそろと降り立って、たちまちそこに皮靴が脱いで置かれた。そうして、子供の姿は目にも止まらぬ速さで森の中へと消えていったのだ。

「しまった、逃げられた！」

マーガレットは急いで馬車を降り、もたもたしながら後を追いかけた。

「リミ！　おれの目の届く所にいろ！」

そして、あらん限りの声で叫んだ。

「いますぐ出てこい！　リミィ！」

鞭を打ち下ろしたが、それは湿った軟らかい土と草に吸い込まれて、鳴りもしなかった。

「リィーミィー！」

リミを失いたくないと思った。ぶざまな格好であちらこちらと走り、血眼になって子供の姿を捜した。森の中に動くものがある——目を凝らすと、木々の間から影が見えた。小鹿さながらに舞い、子ウサギのように転がり、リスと戯れて梢から梢へ渡る〈森の精〉は、いっときも背中の翼を休めることがなかった。そこにマーガレットは初めて子供の笑顔をかいま見た。

皮靴の主が戻ってきたとき、マーガレットは何も言わずに馬車に乗せ、光り輝いてまぶしく見えるリミから目をそらせて押し黙った。名残惜しむ子供は、遠のく森を座席から見送り、屋敷に近づくにつれて次第に生気を失っていった。そして帰り着いたとき、これで思い残すことはない、といった死刑囚のような顔で馬車を降りるのだった。マーガレットは夕食の間じゅう、打とうか打つまいか迷った末、夜になってからしたたかに打ち据えた。が、そのあと子供の回復を、これほど待ったことはなかった。


「今日からおれを『お姉様』と呼べ」

あまりに突拍子もない命令だったので、子供は驚いてしまい、すぐに返事ができなかった。

「おまえと姉妹の契りを結ぼう、などとは思っておらん。ただ、そう呼べと言っておるのだ。わかったら呼んでみろ」

「お……お姉……さま」

マーガレットはまんざらでもない様子で笑い、椅子から立ち上がった。

「これからは、いつもそう呼ぶのだ」

彼女は子供のあごをつかんで乱暴に揺さぶり、ドアを開けて出ていった。それが親しみの表現だとは、子供は夢にも思わない。ドアが開くと、大きな窓から風が吹き込む。落ちた紙を拾って、それを見ながら机の上に乗せ、マーガレットの帰りをしばらく待った。それから部屋を出、食事室にいるナダの所へ話をするために行った。

「ナダ。お嬢さ……あの……。お姉……さまが――」

子供は話したいことがあるのに、話せなくなってしまった。が、ナダの答えはすぐに返ってきた。

「あたしがここへ買われてきたとき、やはり、お嬢様のことを『お姉様』と呼ばされ始めた部屋付きの小間使いがいたんだよ。それほど器量よしというんじゃないが、まあかわいい子でね、おまえさんよりずっと大きい、十二、三の娘っ子だった。そのうちに『お姉様』と呼べる特権を鼻にかけるようになって、わがままをやり始めたのさ。食べ物は欲張るし、ほかの子供らをいじめるし、仕事はほかの者に押し付けるし、で鼻つまみ者だったね。そんなところをたびたびお嬢様に見つかっていたある日、男と逢引きしたんだよ。だれかがお嬢様に告げ口したんだろうね、あくる日、鞭で打ち殺されてしまった。それ以来、部屋付きの小間使いはお置きにならなくなったね。おまえさんがそうなるとすりゃ、二人目さ」

ナダはかたい肉を噛みながら話していたが、やっと飲み込んだ。その目は、食事室の奥の隅のテーブルの下を見ていた。奇妙な息遣いといい、テーブルの脚がガタガタ鳴る音といい、リミは、大人が子供と同じ遊びごとをしているのを、そこに見た。ナダは、いつものことさ、というように平然と話を続けた。

「噂によれば、お嬢様は、お父上様がアメリカの監獄を出たり入ったりなさっているのに見切りをつけて、こちらのお祖父様のもとへ密航なさってらしたそうだ。お妹御がいらしたそうだが、置いてきなさったとさ。というのも、お妹御は体が弱くて、おまけにほとんど目が見えなかったそうでね、マーガレットお嬢様が面倒をごらんになってらしたそうなんだ。おそらくお嬢様は、お妹御を一緒にこちらへ連れて来なさりたかったんだろうね。けど、密航するには足手まといだったのさ。なんでもお嬢様が十三の時とかで、もう三十年以上もたつが、お妹御のことはいまだに忘れられないんだねえ。お妹御をお預けになった施設のほうから訃報が届いたとき、お産のときに母親を殺した赤ん坊だ、なんて強がりをおっしゃってらしたけど、お妹御の古い写真はずっと持ち歩いていなさるんだよ」

「お姉様」

リミは昼食の給仕っぽいことをするためにマーガレットの横に立っていた。こんなふうに自分から呼びかけることは、かつてないことだ。

「何だ」

マーガレットは食べ続けながら聞いた。

「ナダをお売りになるのでしょうか？」

マーガレットは手をとめて、リミを見た。

「なぜ知っておる」

「今朝、お姉様が出ていらしたあと、紙が落ちたので、拾って机の上に置きました。それに書いてありました」

マーガレットはリミに向かって改めて座り直したほど、驚いた。

「おまえがなんで字が読めるのだ」

「前のご主人様に教わりました」

「前の主人だと？　ジェームズ爺のことか？」

リミがうなずいた。軽く皿をたたくフォークの音。

「なるほど。おまえは字が読めるのか……」

「ナダを売らないでいただけるには、どうしたらいいでしょう」

肉の塊にフォークが突き刺さった。

「誰を売ろうと売るまいと、おまえの知ったことではない」

「ナダは私を何度も看病してくださいました」

「ならばこれからは、おまえを看病する者はない。だから、おれを怒らせぬよう気をつけるがよい。この話は終わりだ」

「どうしたらナダを助けてくださるでしょう？　私が身代わりになることはできないのでしょうか？」

グラスの水がリミの顔にぶちまけられた。

「バカ者。これ以上言ってみろ。ただでは済まさん」

リミは鞭が飛んでくることを覚悟した。お仕置きを待って荒い息をしていた。だが予想は外れ、飛んでくるものは何もなかった。恐る恐る顔を上げたとき、思わぬ言葉が耳に飛び込んできた。

「もうおまえを鞭で打たぬ」

十

サリーは午後の授業を終えて、すぐに復習しておかないと頭からするりと抜け落ちてしまいそうな箇所を抱えていた。で、寄宿舎の自分の部屋に戻ってくるや、机に向かって教科書を開いた。と、関係ない頁に、何やら紙が挟まっているのを見つけた。二つ折りにされたレター用紙が出てきて、開きたくない、という直感を抱いたが、結局指をずらして、督促状でもあるかのように開いた。

『けさ、ぼくは感銘を受けずにいられませんでした。廊下でミセス・ジョンソンがつまづいて、持っていた答案用紙をばらまいてしまいましたよね。そばにいた女子学生たちが手伝って拾い集めるのを、ぼくは見てました。君だけが、拾ったテストの点数に一度も目をくれることなく、先生に渡していた。他の女子はみんな、点数と名前をすばやく確認しながら拾っていたのに。

君という人は、その美しさを鼻にかけることなく、独特の世界観の中で生きているように思う。君みたいな人は、これまで男子たちの称賛を雨あらしと浴びてきたんだろうけど、ぼくもその一人に加えてもらえたら幸せだと思っているんです。なぜかと言えば、君をひと目見たときから、ぼくは――』

サリーは読むのをやめ、最後の名前だけ確認してから復習にとりかかった。

翌日、廊下でこちらを見ている男子学生に近寄っていき、二つ折りの手紙を返した。

「ごめんなさい。こういうお手紙を教科書の中に忍ばせられるのは、私、好きじゃないの。何か話したいことがあるのなら、直接私の目を見て話してくださらない？　そして私は、手伝わずに立って眺めているような男子には、興味が持てないの」

その後たちまち、サリーというのは鼻持ちならない高慢ちきな女だとの評判が立ち、多くの男子たちの視線が冷ややかなものに変わった。そうして悪いうわさが聞こえてきても、サリーは否定して回りはしなかった。

「美しいってことが、そう言わせるんだ。醜い女性が傲慢であることは稀さ」

聞こえよがしにそう浴びせられたときにも、反論せず黙って立ち去った。

また、こんなこともあった。

「ダンスパーティに彼を誘ってもいいかしら？　サリー」

親しくもないクラスメートにいきなりそう話しかけられて、全くチンプンカンプンだった。

「彼って、誰のこと？」

どうやら、美青年だと評判の男子学生を指したものらしいが、サリーはその名さえ覚えていないのだった。

「どうぞどうぞ、ご自由に」

と答えたが、話はこれで終わらなかった。続けてその美青年がやってきて、サリーにこう言ったのだ。

「こんな駆け引きはやめよう、サリー」

「駆け引き？」

生まれてこのかた〈駆け引き〉なるものをしたことがないサリーにとって、泥ダンゴを投げつけられたような驚きだった。そのダンゴは、まさに自惚れと傲慢で出来ていた。

思い当たるといえば、昨日の休憩時間中、黒板に自分の名前が誰かの名前と並べて書かれているのを見た。どよめきのうちに誰かがじっとこちらを見つめている感じがしたが、全く興味がなかったので振り向きもしなかった。

さっきはさっきで、午前の講義が始まるとき、サリーは一旦座った席を立って、遅れて入ってきたスターラのほうへ移った。一緒に座って、スターラにわからない所でサリーにわかっている箇所を見てあげる、と約束してあったからだ。そういえば席を移るとき、ちょうど隣に座ろうとしていた男子がいた。それがこの美青年だった？

彼のメンツをつぶさないように、サリーは言葉を選んで説明し、自分にその気がちっともないことを、何とかわかってもらった。しかし、〈こんなことはもうまっぴらだわ〉と心の中で思うのだった。

三年生になる前の夏休み、帰省せず勉強しようと考えていたサリーに、祖母が危篤だという知らせが入った。翌朝一番のニワース行きの汽車に乗りたかったのだが、支度が遅れてしまい、昼の汽車になった。

同じ車両ににぎやかな一団がいるかと思えば、ハイスクール時代の同級生たちだった。向こうでもサリーを見つけ、

「まあ、これってクラス会みたいじゃない」

などと笑いさざめいた。サリーが事情を説明すると、ごめんなさい、と謝ってくれた。同級と言っても、親しく付き合った者はそこにおらず、フローラもいなかった。だが、窓側の席にチャーリーがいた。彼は自分の席を立ち、少し離れて座ったサリーの隣にやってきた。サリーは居ずまいを正した。彼とはあまり話したくない。

「みんなでダンスパーティに行くところなんですよ。年に一回ぐらいは顔合わせをしようっていうんで、久しぶりに会ったんです。今日は無理としても、いつか一緒に踊りに行きませんか？」

「いえ、私は勉強が忙しいので」

「相変わらずだな」

サリーはよそよそしく、事情が事情にしても、ずっとあらぬ方向を見て、彼を無視するそぶりだった。が、チャーリーには奥の手があった。

「君の夜のマリアは元気ですか？」

なんという侮辱的な言い方！　一瞬飛び上がるほどの怒りを感じたが、サリーはグッと抑えて口を閉じていた。

「代償行為だと、いつか僕が言ったから、怒っているんですね？」

「もう子供みたいに怒ったりしません」

サリーは物憂げな様子で口を開いた。頑なに物を言わないというのも、彼を気にしているようで、かえって変だと思ったから。

「マリアがいるから、忍耐強くなった？」

「マリア、マリア、と気安く呼ばないでくださらない。現実にいる子ではないのよ」

「現実にいたら、君はそんなに考えなかったでしょ？　だから、むしろ現実にいればよかったんだ」

おかしな言い草だ。サリーがどんなふうに夢を見るのか、彼はまるで知っているようではないか。そんなことはあり得ない。自分のもう一つの人生になってしまうぐらいの比重で、夢を見る。予期せず突然激しい夢に襲われたときには、ベッドに引き倒されたまま三日間も起き上がれないほど、身も心も夢に捕らわれてしまう。誰がそんな状態を理解するだろうか。

「マリアを愛していますか？」

あの時フローラに、どんなふうに話したのかすっかり忘れている。愛という言葉を使った記憶はないのだが、ではどんな言い方をしたのか、全く覚えていない。

「愛しているとして、それはどんな愛に似ている？　強いてたとえるなら、どんな？」

なんてしつこい男だろう。サリーは答えないつもりだった。なのに無意識のうちに考えており、答えてしまった。

「強いて言えば……神。そう、神への愛に似ているかもしれない」

「おっと。それは、自分を偽っていると思うな。でなかったら、正しい判断ができないほど溺れているんだ。人間の見る夢が神聖であることなんて、皆無ですよ、サリー。ひとりよがりの、汚れた、多分に性的な夢を、人は見るんです。それを昇華させて神聖にするのが頭脳の仕事だ。君は夢の中でマリアを性的に愛し、現実に戻って神聖化する。そんな遊びは危険だと僕は思うんです。なぜかって――」

「やめて」

サリーは耳のほうへ手をやりながら立ち上がった。

「あなたはひどい勘違いをしているわ、チャーリー。もう何も聞きたくない。二度と私に近づかないで――」

サリーはそのまま席を離れて通路を歩いていき、客席を隔てるドアからデッキへ出ていった。

彼と話せば、やはりこんなふうに同じことになる。大人になったと言っても、チャーリーは苦手だ。大嫌い——

降り口のある狭い空間には三人の乗客が立っていた。思い思いの壁に寄りかかって話をしている。

「非人解放だ、非人解放だ、と言いながら、政府は一向に動かないじゃないの」と、女。

「非人解放なくして、この国の発展はないんだぜ」と、男。「なのに政府は、外国への表向きしか考えていないのさ」

「どんな形にしろ、解放しないよりは、した方がいい」と、別の男。「それも早いほうがいい。だから——」

汽車がニワースに着くと、サリーはそこから貸し馬車で家へ向かった。

祖母はこじらせた肺炎に苦しみ、三日後に死んだ。教会で葬儀が執り行われ、たくさんの花の中で祖母の人柄や功績が讃えられた。サリーは改めて、茶色い子供を後ろに従えたイルーネに頭を下げ、残された祖父のことを頼んだ。

「もちろんでございますとも、お嬢様」

礼儀をもってイルーネは答えたが、自分の存在価値を思い知らせてやれることに、雄叫びでもあげんばかりの目をしていた。

バザーで鞭打たれる子供を見て以来、サリーの夢は変化した。以前、マリアはいつでも清涼剤のようにサリーのそばにいた。何をしていても、マリアがそこにいるのが見えた。ほほ笑みかけると、この上なくかわいい笑顔を返してくれる。バザーのあとでは、マリアを見ると胸が痛んで仕方がない。漠然と幸せだったものが、急に悲しい夢になってしまった。マリアの流す涙を一緒に流し、苦しむ痛みを一緒に苦しみ、見上げる星を一緒に見上げる。

サリーは夜何度もうなされるようになった。昼間は、そこに立っているマリアの姿があまり痛々しいために、胸を押さえることがあった。そんなマリアにとっての唯一の救いは、マリアの宿、つまり自分サリーが、この世に毅然と立っていることだと思えるのだ。しかし、チャーリーの嫌な言葉が耳に残っている。

「あなたのため……あなたのための涙だわ、マリア」

寄宿舎に戻ってきたサリーは、ベッドにうつ伏した。

「あなたって、いったい……」

自分が呼びかけているのは夢の子供なのか、現実の子供なのか、はっきりしなかった。シーツの白いかげの中で、サリーは動かない目を開けていた。

十一

「おまえの働きぶりは気に入っている、とお嬢様に言われたものさ。あたしだってあの頃は今より若かったから、器量がどうあれいい所へ売れただろうに、お嬢様は、おまえは売らぬ、ここで死なせてやる、とおっしゃったんだよ。ところがこのざまさ。お嬢様の言葉は気まぐれで当てにならないたぁ知っていたが、今になって売られるとは、まあ……。おまえさんもこれから苦労するこった。人の言葉を信じるんじゃないよ。他の誰のよりも一番、人は自分の言葉を忘れるもんだからさ。全く」

ナダはぼやきながら売られていった。奴隷商人に連れ去られる日、リミはナダに追いすがり、引き離すためには鞭でたたかなければならなかった。ナダなきあと、リミがナダの部屋をもらい、鈴の音に振り回されながら、言いつけられた仕事をすることになった。それまでのように、ちょっとした時間に外へ出て、建て直されたニッパ小屋まで行き、カロイモの皮むきの手伝いをする暇はなくなった。マーガレットに怒鳴られながら忙しい思いをして、太陽に当たることもなくなった。

ある時マーガレットは、平手で引っぱたいただけなのに、リミが倒れてそのまま起き上がれないでいるのを見た。腕をつかんで起こしてやって、その綿のような軽さに驚いた。危なっかしげに立っている姿をしげしげと眺めてみる。いつまでたっても、ちっとも大きくならない。八つか九つほどになっているはずだが、普通の子供の四つぐらいの大きさで、見る影もなく痩せている。肌には小麦色がかったものがなくなり、蠟のように青白く、子供らしい生気がひとつも感じられない。子供の食事を問いただしてみると、まるで不十分で粗末なのを知った。リミはマーガレットの食事のテーブルに一緒に座らせられ、食え、食え、と言われながら無理やり食べさせられることになった。それでいくらか肉は付いてきたものの、相変わらず顔色は悪く、元気がなかった。

マーガレットは来週エレムへ行くのに、リミを供に連れていくことにした。帰りは日暮れを過ぎる予定なので、往きに森へ寄ってやろう、と考える。前回のエレム郊外のバザーの時には失敗したが、今度は街のにぎわいを見せてやることにしよう。元気が出るかもしれない。そうだ、アイスクリームを食べさせてやろう、などとちっともマーガレットらしくないことを考えるのだった。

エレムへ出る用事は二つあった。まずは、数千トン級の船が出入りできるギニンガ河口港建設における、砂利供給請け負い仕事落札の件だ。それは、まもなく発表されると噂の高い政府の国土開発計画に含まれると思われる。二つ目は、ある不穏な噂の真偽を確かめるため、地方の奴隷市場をさぐることだ。

盛りだくさんの一日は、夜明けに馬車を出すことから始まった。朝焼けの森がどんなに子供を喜ばせたことか。妖精を捕まえてきて小間使いにしているのではないかと、マーガレットは錯覚したほどだ。命じた時間きっかりに子供が戻ってきて、土の付いた小さな裸足の足を手で拭い、いまだに綿を詰めなければ履けない皮靴の中にすべらせたとき、また連れてきてやろう、と思うのだった。

バザーへ行ったときには海沿いにのんびり馬車を走らせたが、今回はラザール駅で馬車を返し、上りの一番の汽車に乗った。ニワースを過ぎて大リサイ川の鉄橋を渡ると、窓から見る景色が急速に移り変わり、山々や草原や川が一つ一つ姿を消していった。やがて、ニッパ造りや木造の家屋のかわりに、コンクリート造りの近代的な建物が建ち並び始めると、子供は興味を失ったように外を見るのをやめた。窓枠に寄りかかって、森の思い出に浸ろうとするかのように、まぶたを閉じた。

エレムに着いて貸し馬車を雇い、まず役場を訪れた。役人と面談し、登録を行う。次に奴隷市場に向かった。そこは妙に緊迫した雰囲気に包まれていた。異常に買い手が少なく、売り手がやたらと興奮している。競りにかけられる奴隷達は、これまでにない質の良さを競っているのに、値は下がりっぱなしだ。マーガレットは馬車を降りずに窓から様子をうかがい、噂以上に事態が深刻なことを見てとった。駅へ引き返す馬車の中で考えに沈み、横に座る子供の頭を我知らず撫でながら、堂々巡りの計算を繰り返した。

エレムから帰って以来、事業主間での情報交換、村や町の小規模奴隷市場の視察、現場を回って奴隷達の査定をするなど、マーガレットは極めて多忙になった。その上結果が芳しくないので、いらいらして怒りっぽくなり、ついそばにいるリミに鞭を当ててしまう。

「おれに呼ばれても来るな」

と、言ってみたものの、呼んでも来ないとなると、一層いきり立って殴りに行く。食え、と言っても食物に手を付けようとしないので、

「どうしたのだ」

と聞くと、喉が痛くて食べられない、と言う。それで、朝がた自分が子供の口に鞭の柄を突っ込んで、血を吐くまで突いたことを思い出す。またある時は、誤って腹を蹴とばしてしまい、子供が幾日も食物を受け付けないこともあった。子供の衰弱が激しいので、マーガレットはあれこれ考え、特に機嫌の悪い午前中は自分から遠ざけておこうと、子供を近くの小学校へやることにした。

　村の小学校は、マーガレットの屋敷から道を三つ隔てた向こうにあり、子供の足で歩いても十五分ぐらいである。木造校舎で教室が一つきり、先生一人、校長一人、生徒が六歳から十三歳までの十四、五人といった田舎の学校だ。非人の子供を受け入れることに、校長も先生も大反対した。他の子への悪影響が心配であり、親達が知れば黙っていないだろうと考えた。しかし、マーガレットは役所仕事を請け負う村の権力者であり、それと、何某かの袖の下によって、

あっけなく折れた。

リミは無口でまじめで忍耐強く、自分の身分をわきまえていた。皆と違う非人であることを、最初のうちに嫌というほど思い知らせておこう、と構えていた先生も拍子抜けがした。すでにしっかり読み書きが出来、並外れた注意力で授業を聞くリミに対しては、叱りつける理由や引っぱたいてやる口実が、何も見つからなかったのである。

『ボールの時間』と呼ばれる屋外授業があった。

「おい、おまえ。こっちへ来い！」

先生がリミを呼んだ。それまで背にしていた塀を離れて、こわごわやってきたリミに、頭の三倍もある大きな重いボールを持たせ、投げてみろ、と言った。なかなか投げようとしないので、バカ、とんま、間抜け、などと子供達からヤジが飛んだ。ほかに仕方なくてリミが両腕を離すと、ボールはドスンと足元に落ち、転がりもしなかった。爆笑が起こった。運動神経ゼロ、と判定された。

年長組のルクマが教室の入り口でリミに話しかけた。

「ボールの投げ方を教えてあげるわ。授業が終わったら、校庭で待ってて」

その言葉を横で聞いた男の子が、僕も教えてやる、と言った。だが、リミには授業のあとに暇な時間などなかった。

学校に行っている間は、リミの代わりに洗濯女たちが交代でマーガレットの用を足した。そのうちの一人が殴られて大けがをしたと知った時、それこそ自分が受けて死ぬべき鞭だったとリミは思い、身代わりになったけが人に対して胸が痛くてたまらなかった。それからは、学校から帰ると、呼ばれなくてもなるべくマーガレットの部屋にいるようにし、主人の怒りをこの身でせき止められればと願った。

洗濯物に鏝を当てたり、縫物をしたりといった仕事は、慣れてきたせいもあって、夜ランプの明かりでだいぶ上手に出来るようになった。そのあとで楽しみの教科書を開く。学校に行く前よりも一日のスケジュールがきつくなったにもかかわらず、リミの顔にはどことなく生気が見られるようになってきた。マーガレットはそれに気づき、仕事から帰って、リミがちょろちょろするのを満足げに眺めた。

「リミッ！」

恐ろしい声がとどろいた。ああ、これで終わりだ、このような地獄の声を聞いて、無事に出て来れるはずがない、とリミは観念した。どうか、あまり苦しませないでお呼びください、神様。

重いドアを開けて入ると、マーガレットは大机に向かって座っていた。黒マントに覆われた大きな背中に、ビリビリした神経がむき出しになっている。その波動が空気を伝って部屋いっぱいに充満していた。壁も家具も息をひそめているように見える。リミは壁の一部になったように立って、その時を待った。マーガレットは一つの書類を置き、もう一つを手に取ったが、ただならぬ気配が漂って、今にも爆発しそうなのだ。果たして書類が投げ出され、机に穴があくほどこぶしが打ち下ろされた。マーガレットは振り向き、リミの目に出会った。フッと怒りが消えたかのように、一瞬立ち上がる動作を止めた。なんという目をしているのだ。この幼い痩せっぽちの子供の澄んだ瞳の中に、なんと大きなものを感じることだろう。おびえてはいるが、なんとしっかり大地の上に立っていることか。震えてはいるが、なんと確かに神を信じていること。多くの奴隷を所有し、権力を欲しいままにする俺様の足元はどうだ。おれの剛健な巨体は、このちっぽけな弱々しい生き物の前に、なんと脆くぐらついていることか。それを見透かされるように、褐色の瞳は微動だにせず、こちらを見つめている。ムラムラと狂気のような怒りがこみ上げてきた——

我に返るまでに、それほど長い時間ではなかったはずだ。しかし、気が付くと鞭から赤い血がしたたり落ち、その先に小さな体が、死んだ野良犬のように横たわっていた。マーガレットはハッとして自分の手元を見た。壁に飾っておいた五号の名鞭である。

「ナダッ！」

ナダがいないことに気づいたのは、三度鈴を鳴らし、三度叫んだあとだった。

「ペゴッ！」

ドアが開いて、ペゴの落ち着き払った四角い顔が現れた。

「何ご用でございましょうか」

「急いで医者を呼べ。それからわらを持ってこい。大量にだ」

「承知いたしました。わらはどこへお持ちすればよろしいでございましょう」

「ここへだ。早くしろ、ばか者。駆け出せ！」

ペゴは形だけひょこひょこ駆け出していった。まもなくわらが運ばれてきた。不器用な手で子供の傷ついた体を抱え、わらの上に寝かせる黒マントの主人の姿を、ペゴはあっけにとられて見下ろした。

「誰か女を呼べ。情のある女がいい」

耳慣れぬ命令なので、ペゴは戸惑って繰り返した。

「情のある女、と申しますと……」

「うるさい！　誰でも構わんから呼んでくるんだ。売り飛ばされたくなかったら、走れ！」

呼ばれた女は炊事女で、手もみをしながら肩を丸めて入ってきた。

「背中から血が止まらんのだ。何か布を持ってこい。いや、ここにある。これを使え。どうすればいいか……」

マーガレットはテーブルの上から手拭きの白い布を取りあげて、こねくり回した。炊事女は子供の傷を見て手もみを止め、あれぇ、と悲鳴を漏らした。

「これじゃもう助かりますまい」

彼女はたちまち強烈な足蹴りを食わされ、追っ払われた。やがて医者がやってきて手当てを始めた。

あらゆる奴隷制度を排除し、人身売買を禁じ、人種差別をなくする、などが政府の方針らしい。そんな噂が日に日に強まり、奴隷市場は混乱を極めた。年寄りや子供、不器量な女に限らず、体格のいい人夫までもがもはや相手にされず、年頃のとびきりの美人だけが好事家の間で頻繁に売り買いされる、といった現象が各地で起きている。大勢の奴隷を抱える地主や事業主の焦りが募った。ギニンガ河口港建設工事への参入を狙っていたマーガレットの計画も、二十年にわたって買い集めてきた奴隷人夫がいなければ話にならない。解放を見越してか、役所からの長期にわたる仕事はぱったり途絶え、民間業者の小規模の仕事依頼がわずかにあるばかりで、こうなれば奴隷達を少しでも多く金に換えておかねばならない。なのに、奴隷商人からの断り状が机に山と積まれていた。そのわきのわらの中には重傷の子供が横たわっている。マーガレットのストレスは最高潮に達し、重い鞭を廊下奥の納戸から引っ張り出して下へ降りていった。そして、仕事中の人夫に当たり散らしたのだ。マーガレットの腕っぷしの強さは、そのごつい鞭を見事にしならせた。子供に水を持って入ってきたペゴは、不気味な鈍い音に気づき、大きな窓から覗いてみた。

「やれやれ。あれでお嬢様は一人、二人は殺してしまわれるだろう……。おまえさんの生きていたのが、不思議というものだ」

力ない子供の口の中に、一口、二口冷たい水を流し込んでいると、何か言いたそうに唇が動いたような気がした。が、すぐに気のせいだとわかる。

夕方になって、ペゴが再び水を持って入ってきたとき、マーガレットはうつろな様子で窓から外を見ていた。

「人の往き来がやっと収まってきたな」

「けが人が大勢ございましたから、大わらわでございました。納戸の鞭は、あれはお使いにならないほうがようございましょう。昔、だまされて買わされた粗悪品でございます」

ペゴがしゃがみ込んで子供の首を起こそうとすると、どけ、とマーガレットがやって来て水を取り上げた。

「おれがやる」

「子供が何か申そうといたしておりますが」

「何だと？」

マーガレットは両ひざを床について屈み、子供の顔を覗き込んだ。

「何だ？　どうしたのだ？　苦しいのか？　ん？」

思わぬ優しい口調にあっけにとられ、ペゴはまじまじと主人の太いうなじを見た。視線を感じたマーガレットは、

「おまえはもう下がれ」

と、怒鳴った。ペゴが行ってしまうと、子供の頭を自分のひざに乗せて再び聞いた。頼りない小さな唇がかすかに動いて、次のようなことが聞き取れた。

「ほかの人を鞭打たないでください。打つなら私を打ってください……もうすぐ死ぬ身ですから……」

「死ぬな」

マーガレットは手のひらをいっぱいに広げて、子供の顔を包みたいが痛そうで包めない、という思いをどうしようもなかった。

「死なんでくれ。もう鞭を使わん。おまえが死なないでくれたら、二度と誰にも鞭を使わん。約束しよう。だがもし死んだら、ここにいる者一人残らず鞭刑《むちけい》にしてくれる。一人残らずだ。どうせもう売れやせん――」

子供がうめき声をあげた。

「心配するな。何も考えないでいろ。医者は安静にして寝ておれば助かるかもしれんと言っている。大丈夫。きっと助かる。もう何も言うな」

子供の頭をひざから下ろしてやると、子供はわらの中に顔をうずめたそうにした。マーガレットは柔らかそうなわらをかき寄せて顔の近くへ置いてやった。

「寝るがいい……すぐに治る……治ったら森へ連れていってやろう……おまえの好きな森だ

……学校はどうだ？……楽しいか？……治ったら学校にも行けるぞ……寝るがいい……いい子だ……おれはもう鞭を使わん……約束するぞ……安心してゆっくり休むがいい……」

およそマーガレットに似合わぬ言葉が、不器用な子守唄のようにボソボソと続いた。激しい痛みの中で麻酔でも打たれたように、子供は眠りに落ちていった。

十二

子供の容態が一進一退を繰り返していたある日、ペゴがやってきて、見慣れぬ娘がお嬢様にお会いしたいと言ってきておりますが、と伝えた。窓から下を覗いてみると、門番が正門横の狭い専用口の扉を開けて立ち、命令を待っていた。扉の外の娘とやらの姿は、ここからは見えない。

「応接間にお通しいたしましょうか。それともこちらへ？」

「通さんでよい。おれが行く」

マーガレットは石畳を歩き、正門を開けさせた。あの時バザーで見た痩身の娘が、水色のワンピースを纏い、つばの広い帽子を被って立っていた。

「おまえさんか。何しに来た？」

マーガレットは迷惑そうな顔つきを隠しもせずに言い、道の向こうに止まっている貸し馬車を見やった。

「突然お伺いして、不作法なことはよくわかっています。先日の子供にもう一度会いたくて、こうして来てしまいました。少しだけ話がしてみたいんです。ご面倒でしょうけれど、ほんの五分で構いませんから、会わせていただけないでしょうか。この道端で構いませんから、どうか、ここへ呼んできてくださいな」

娘が耳を赤くし、異常に熱心なのを、マーガレットは面白そうに眺めた。

「突飛なお願いで、お手数なのは承知しています。ばかにしてくださっても構いません。でも、どうかお願いします。ひと目会わせていただければ、それで気が済みますから」

「あいつの器量は、どうも人の気を引くようでいかん」

「そんなものに引かれたのではありません。事情があって、私の心に住み着いた子供と同じなのかどうか、それだけ確かめたいんです」

マーガレットは鼻を鳴らし、地べたにつばを吐いた。

「くだらん」

「おかしなことをお頼みしているのはわかっています。どうぞ軽蔑なさって。でも、私がここへ来るのに、どんなに迷いに迷って、思い切った決心が必要だったか、お察しください……。本当にお願いです、ひと目だけ――」

「おれを怒らせんうちに、お帰り願おう」

「こんなにお頼みしても？　それなら、売買のご相談でしたら聞いていただけますの？　非人解放はまぢかです。いずれすべての奴隷が自由の身になります。いま買う人は誰もいません。でも、もし私が買えるような値で売っていただけるなら――」

「売らぬ」

そう言ったあと、険しかったマーガレットのまなざしが、つと宙に漂い出し、焦点が合わなくなった。

「どちらでも同じことだ。あいつはいま瀕死の床におる。助かるかどうかわからん……」

娘は雷に打たれたような衝撃を受け、血の気が引いていくのがわかった。

「鞭でお打ちになったのね」

手を伸ばして門の柱をつかみ、こんなところで倒れるわけにはいかない、と体を支えた。

「あんな小さな子供を鞭打つなんて……血の通った人間のすることではないわ。……いえ。ごめんなさい、何も責めたりしません。どうか、その子の枕元へ行かせてください。こんなお願いを拒まないでくださいな。お願いですから」

「うるさい！　帰れ」

マーガレットは我に返ったように目の焦点を娘に合わせ、怒鳴った。

「どうしたら会わせてくださいますか？　お金でしたら持ってきています」

「黙れ！　女学生のままごとになんぞ、付き合っておる暇はない」

マーガレットが身をひるがえしたので、黒マントが広がった。それを引っ張らんばかりに娘が踏み出した。

「待ってください。子供の名は何て言いますの？　名前を教えてください」

マーガレットは首だけ振り向いた。

「おまえさんと同じ名だ」

「私の名をご存じ？」

「知らん」

マーガレットは行ってしまい、正門が閉じられた。娘は開いているわきの専用口からすばやく入ろうとして、門番に捕まった。

「私を入れてくださったら、これを差し上げるわ。何も悪いことはしません。十分ほどで出てきますから」

門番はつかまされた金を押し戻した。

「お嬢様にぶったたかれて殺されちまうだ。まっぴらごめんだよ」

「お嬢様って、あの方のこと？」

「決まってるだ。さあ、出てってくれ」

「あの方はそんなに人を鞭で打つの？」

「打つの打たねえのって、こねえだも、さんざんやられただ」

「その中に子供も入っているのね？」

「んだ。おまえ様の会いたがる小せえのがね」

「どんな状態なの？　助かる見込みはないの？」

「おらは医者じゃねえ」

「その子の名を教えてくださらない？」

「お嬢様が答えなさんねえのを、おらが答えるわけにゃいかねえだ。ささ、とっとと帰ってくれよ。ここはお嬢様の部屋から丸見えだでよ」

「今日が何の日かご存じでしょう？　後生だから、子供の名前を教えて」

「今日が何の日か、知らねえよ」

「知らない？　クリスマスを知らないの？」

「おら達にゃ、クリスマスも新年もねえだ。ただ死ぬまで働くだ。さあさ、帰っとくれ。嫁入り前のきれいなおててを挟んじまわあ」

娘の眉が心持ち、上がった。

「あの子は、私が産んだ子なの」

「冗談じゃねえ。からかっちゃいけねえよ。小せえように見えるが、リミはもうすぐ九つにはなるだからな」

リミ――。娘は貸し馬車に乗り込み、後ろを振り返った。

〈さようなら、リミ。安らかにお眠りなさい。あなたに会ってお話することは、とうとうできなかったけれど……でも、私にはマリアがいる〉

マーガレット屋敷が遠く見えなくなると、前を向いた。

〈マリアは永遠に私のもの。私の夢の中だけで生きればいいわ。誰も私からマリアを取り上げることはできない……〉

十三

熱が下がり、物が食べられるようになっても、そのあと包帯が取れるまでには何日もかかった。自力で立てるようになって最初にマーガレットに聞いたことは、あの約束――鞭を誰にも使わない、という約束が本当かどうかということだった。

「ああ、確かだ」

マーガレットは口元を緩めて子供の顔を眺め、小さなあごを持ち上げて、裏表ひっくり返しでもするように、ためつすがめつ目や口や耳を調べた。それから服を脱がせて背中の傷が痕に残るものかどうか、判断しようとする。ここ数日来、何度も行われる儀式なので、次にされることも子供にはわかっていた。リヤカーを引いた百姓からマンゴーやバナナを買うときに、手に取って重さを量るのと同じに、節くれだったごつい両手に挟まれて持ち上げられ、上下に振られるのだ。

「寝ている間に幾分は大きくなったようだな。よしよし、約束は守ろう。催促せんのか？　森へ連れていってくれ、と」

子供が興奮して胸をときめかせていることは、その控えめな表情からも十分見てとれた。

「そうか。近いうちに連れていってやるぞ。それから学校はどうだ？　行きたくないか？　そうだ、放課後は少し友達と遊んでこい。楽しい思いをすれば元気が出る。来週からでも行かせてやるぞ」

それから子供を下がらせ、机の上の悪い情報——すでに絶望的になった情報に頭を抱えた。


ルクマと、彼女の手下の男の子に、ボール遊びを教えてもらうことになった。だが、リミにはボールが大きすぎて、なかなか上手に扱うことができない。教えることにルクマが先に飽きた。そこで男の子は、仕入れたばかりの別の遊びを二人に教えることにした。彼はおもちゃのピストルと爆竹を使って、まるで本物の銃のような音を作ることができたのだ。三人は野っ原に出て、試しながら大きな音を出した。

「こんなに面白いことを教わったんだから、あんた、あたしに感謝しなくちゃね」

校舎に戻りながら、ルクマがリミに耳打ちした。

「あたしにお花を持ってらっしゃい。でも野の花じゃダメよ。きれいな本物のお花、お礼にあたしに持ってきてちょうだい。いいわね？」

マーガレットの部屋の花瓶にたまに立派な花が差してあるのを、リミは見て知っていたが、それを持ち出すなど夢にも考えなかった。それに、それほど強い望みを持っていたわけでもなかった。なのに、思わず声が出て、

「お姉様」

と、呼びかけていた。これいただけるでしょうか、一つだけ、何にするんだ、お友達にあげたいんです、ばか者！　と怒鳴られるやりとりを予想しながら、返事を待った。ところが、最近マーガレットは何やらしきりと考え事をしている。このときも上の空で、子供の他愛もない願い事に、ああ、と生返事をして許可を与えたのだ。リミは信じられない面持ちで、マーガレットの鼻先から大輪の蘭の花を一本抜き取り、自分の部屋へ運んだ。バケツに差しておいて、翌朝学校へ持っていき、しおれないうちにルクマに差し出した。ルクマの顔がたちまち輝いた。

「あんた、それ、どこから盗んできたの？」

まさかリミが本当に花を持ってくるとは、思っていなかったようだ。ルクマは持っていた野花を投げ捨て、蘭を受け取って感嘆した。

「こんなりっぱな花、いままで見たことないわ」

帰るときまでの隠し場所をキョロキョロ探して、どこからか空き缶を見つけてきた。水飲み場へ行って水を汲み、花の茎の先を浸して裏の竹やぶの中に入っていった。まもなく意気揚々と出てきたルクマを、後ろからやってきた先生が不審そうに見たが、何も言わなかった。彼は授業を始めたあと、問題を出し、教室から出ていった。五分もたたずに戻ってくると、蘭の花を掲げて大声を出した。

「ルクマ！」

ルクマは胸の前のおさげ髪を後ろへ放り投げてから、立ち上がった。

「どこから盗んできた？」

「もらったんです、先生」

片足に体重を乗せ、不服そうに答えた。

「もらっただと？　誰から」

「リミです」

皆の目が一斉に後ろのリミに向けられた。だが、先生はリミを立たせるでもなく、問い詰めるでもなく、教壇まで歩いていき、証拠物件といった格好で花を下にしまい込んだ。

分不相応な良くないことをしたのかもしれない、とリミは気づいており、学校から帰る道々、天を見上げて神様に謝った。今ではマーガレットの優しさを感じることができ、体は回復し、学校へ行き、森へ連れていってもらう日も近づいている。神の元へ呼ばれる前に、これ以上の幸せがあるだろうか。この上何を望むことがあるだろう。リミは神様に誓った。これからはただ一心に勉強にだけ励みます――

蘭の花を持った先生が、マーガレット屋敷の門をたたいたのは、その日の夕暮れだった。応接室で何が告げ口されているか、リミにはわかっていた。マーガレットは、あのとき自分が許可したことなど忘れている、と思われた。

先生が帰ったあと、果たしてマーガレットは子供を呼びつけて宣告した。

「もう学校へ行くことはならん。二度とやらん」

いかなる懇願も通らないその目を見て、リミは肩を落とし、はい、と返事した。わずかな失敗の代償としては、あまりにも大きなものを失った。短い小学校生活は終わった。しかし、手元に残ったものがある。三冊の教科書だ。リミはそれを抱きしめ、戸棚にしまい込んで、暇をみては読み続けた。まるで天国へ行く道が、そこにこそ示されているかのように。

解放が噂されながら、政府は黙り続けていた。人々の不安・焦り・怒りは、諦め・覚悟・企みに変わっていった。マーガレットは四六時中考え事にふけり、思いついたように馬に乗って出かけては、夕方帰ってくることを繰り返した。

ある日リミは、言い出しにくそうに、外から帰ってきたマーガレットの前に立って呼びかけた。

「あの……」

「何だ」

鞭打ちものの不祥事であることより、自分以外の誰かに危害が及ぶことを恐れて、今までにも何度かあったことを黙ってきたが、ついに黙っていられないほど事態は悪化していた。

「お姉様のお着替えのシャツと、それからマントがなくなってしまったんです。私が間違って捨ててしまったのかもしれません」

「ああ、そうか。心配せんでよい」

答えは即座で簡単であり、一向に気にかける様子がないので、意味が通じていないのではないかと、もう一つ言ってみた。

「お姉様のベッドの毛布は、二枚も余分にあったでしょう？」

「よいのだ。今あるので足りておる。口を慎め」

マーガレットが造作なく片手を振るので、わけがわからないながらリミは黙った。自分のベッドの毛布や着替えがなくなったことも、踏み台に使っていた木箱が消えたことも、ほうきやランプが見当たらなくなり、他の部屋から借りたりしていることも、それからロウソクやマッチや雑巾やタオルなどがかなり減っていることも、全部ご承知なのかもしれない。

「おまえは煮炊きができるか？」

だしぬけにマーガレットが聞いた。

「前のご主人様の所でお粥を作ったり、お魚を焼いたりしていました」

「そうか」

マーガレットは嬉しそうだった。

「それならば、炊事場から鍋と包丁と——それから食器を幾つか、おまえの部屋に運んでおけ。おれの命令だとは誰にも言うな」

「お姉様のご命令でなくて、私がどうしてそんなものを持ってこれるでしょう？　だめだと言われてしまいます」

「たしか子供達が芋をむくのに、小ぶりの包丁を使っていたな。あれでよい。一本取ってこい。鍋と食器は、夜誰もいないときに炊事場へ忍び込んで、盗んでくるがいい」

「そんなこと、できません」

「おれの命令だ、ばか者。考えてみろ。ここにある物は皆おれのものだ。そのおれが、取ってこい、と言っておるのだ」

リミは頭が混乱した。からかわれているのかと思うが、マーガレットは真剣な目をしており、からかうときの笑みや目のつり上がりがない。

「見つかったら、どう言いましょう」

「ままごと遊びに使うのだと言え。怒鳴られても、せいぜいおれの所へ突き出されるまでの話だ。おれが怒っても、恐れんでいいぞ。ふりをしているだけだからな。なぜこんなことをするか、と考えるな。時が来たら教えてやる。今はおれの言う通りにしろ」

その夜遅く、リミは不安な心臓をドキドキさせながら、明朝食の準備が終わってひっそり静まり返った炊事室に忍び込まなければならなかった。暗闇に目を凝らし、少しずつ光ったものが見えてきたところで、棚の上の鍋を、音をたてないように取るにはどうしたらいいかと考えた。簡単に手が届くかまどに並んだ鍋はみな大き過ぎて、リミには手に負えなかったからだ。流しによじ登り、棚に頭をぶつけないよう用心しながら、幾つも重なった鍋の一番上まで手を伸ばして、最初に触れたものを持ち上げた。取っ手が引っかかって、危うくガラガラと全部を落っことしそうになり、ヒヤッとする。無事に鍋を下ろし、食堂側の窓口に高く積まれたでこぼこの椀と皿を、一つずつその鍋の中に入れた。自分の部屋に抱えてきて戸棚の中にしまい込んだとき、神様に何かを謝らなければならないような、しかし何を謝っていいのかわからない、妙な気持ちに襲われて落ち着かなかった。

それで翌朝、外のニッパ小屋のわきの、蓋付きの木箱にたくさん入っている包丁を取りに行くときには、見つかって捕まったほうがいいというような大胆さで行動した。蓋に鍵がかかっていることを忘れていた。鍵は子供達の監督女が持っている。リミは午後に出直し、怒鳴られるのを期待しながら、子供達がカロイモの皮をむいているすぐ横の木箱に首を突っ込んで、包丁選びをした。先の丸い子供用の包丁はどれもこれも切れ味が悪く、刃が欠けたり、柄がぐらついていたり、錆びたりしていた。ましな物はいま子供達が使っている。結局似たり寄ったりの一丁を取って、賑やかな子供達の声の中、ちっとも目立たなかった不本意な行為を、また成功させることになってしまった。マーガレットに報告すると褒められ、ボロ布に包んでおけ、と言われた。数日後、戸棚の中を見てみると、持ってきたものすべてがなくなっていた。

マーガレットの決めたリミの誕生月が来て、満十歳になったある日のこと、部屋に呼ばれた。

「おまえは森で一夜を過ごせるか？」

命に係わる重大問題のように、眉を寄せた顔で尋ねられた。

「はい」

森こそ子供のねぐら、子供の母、神の降り立つところ……何のためらいもなく答える子供に、マーガレットは安心し、そばへ来るように言った。そして、外へ漏れるはずはないのに、低い声を一層低くひそめて言い聞かせた。

「いいか、よく聞け。明日おまえを森へ連れて行く。そうしたら奥へ入り込んで姿を隠すのだ。おれが呼んでも、絶対に出てくるな。そのあと御者らに捜させるが、逃げ切るのだ。おまえの足を追える者はいまい。おまえは森にひそみ、一人で夜を明かすのだ。獣には気をつけるがいいぞ。木の上にでも登っておれ。翌朝、明けやらぬうちに、おれが一人で馬に乗って迎えに行く。そうしたら出てくるんだ。それ以外、決して姿を現すな。人に見つかってはならぬ。万一見つかった場合には、ひたすら逃げろ。まあ、失敗したところで、危ないことはない。どうだ、おれの言うことがわかったか？」

リミはうなずいたが、全くもって不可解な言いつけに、恐怖を感じないではいられなかった。

翌日の昼食時、マーガレットはリミにたらふく食べさせたあと、薄い固焼きパンを服の下に縛り付けてやり、腹が減ったら食え、と言った。食後用意された馬車に、いつもと変わらぬ様子で乗り込むと、森へ向かった。

緑の葉の一枚一枚に真昼の太陽の光が当たって照り輝き、それを風がもさもさと揺らす美しい森へたどり着くと、マーガレットは小鳥を檻から放つように、リミを放した。リミは胸を高鳴らせて、一夜を抱かれに森のふところ奥深く入っていった。

マーガレットは馬車の中で、懐中時計をにらみながら子供の帰りを待つ振りをし、いいかげん時間がたったころ、

「リミィーッ！」

と、叫んだ。実際真に迫っていたので、遠くそれを聞き捕らえたリミは、本当に出ていかなくていいのかと何度も思った。二十分も断続的にその叫び声がしたあと、今度は予定通りに、御者のガラガラ声が森の中に響いた。彼は手ぶらで戻ってくるたびにマーガレットに責められ、小一時間も必死で捜し回った。

「ええい、チキショウ。時間切れだ。馬車を出せ。子供に構っておっては用事が足せなくなるわ」

やっと捜索を免除された御者は、ホッとして御者台に上り、馬首をラザールに向けた。やれ

やれ、お気に入りの小間使いが逃げたとなると、また当分大荒れの日が続くわい。しかしあの子が、主人に背いて逃げるような子とは思えない。遊んでいるうちに迷子になって出られなくなったか、獣にさらわれて食われたか、木の枝に首でも引っかけて宙づりになったか、まあ、たいがいそんなところか、などと考えながら。

ラザールから帰るや、早々にペゴを呼び、子供が森へ入ったまま出てこない、と喚き散らし、明朝早く捜しに行くから、今夜のうちに馬を一頭用意しておけ、と命じた。ペゴが丸い目をして、いつまでもこちらを見つめるので、マーガレットは真っ赤になって、うるさい！　と怒鳴った。ペゴは何も言わずにただ驚いていただけだが。

「人夫を集めて、捜索隊を出しましょう」

日ごろの子供への打ち込みようから、そのぐらいは大げさでない、と気をきかせて言ったつもりが、なぜか一瞬の沈黙ののち、狂ったような怒りを買って殴られ、部屋を追い出された。

夜中の二時にマーガレットは眠れぬ床を離れ、森へ向けて馬を駆った。眼前の黒々とした盛り上がりは、それ自体深々と眠っている一匹の巨大な生き物のようだった。

「リミ！　出てこい。おれだ」

暗闇の中へ踏み入り、ひそかな呼び声を繰り返すが、シンとした静寂に包まれて、物音一つしない。

「リミィ！」

声を高くして呼んだ。馬から下り、手綱を引いて進む。濡れた枯れ葉を踏みながら奥へ奥へと入り、木の幹を鞭でたたいては、名を呼び、そのあと耳を澄ます。数十回もそれを繰り返して、沢までやってきたとき、後ろにふわりと白いものが降り立ったので、ぎょっとして飛び上がった。

「お姉様……」

層の薄い梢から漏れる星明かりが、白い非人服を着た裸足の子供の姿を照らし出した。それが、まるで初夜を過ごした少女のように、しっとりとたおやかなので、マーガレットは自分の顔をこすり上げた。夢でも見ているのかと思ったからだ。

「よし。こい」

自分の黒マントを外して子供の上からすっぽりと被せ、それを肩に担ぎ上げて荷物みたいに運んだ。

「ものを言うな。動くでないぞ」

射止めた獲物といった格好で、馬の背に腹ばいに乗せ、森を出た。東のラザールでも西のナボでもなく、遠くに高山のそびえる南へ進んだ。バオシティ郊外に入ったところで東へ折れ、鉄道線路を横切った。東には果てしなく草原が広がり、南には険しい山・谷・沢が迫っている。マーガレットは南東へ馬首を向けた。子供がもぞもぞ動くので、どうした、と聞くと、息が苦しい、と言う。マーガレットはあたりを見回した。

「もうよかろう」

子供の頭をマントの中から出し、自分の前に抱えるように座らせてやると、汗に濡れた体で、はあはあ、と息を切らしている。

「そんなに我慢するやつがあるか。もっと早く言え」

人の苦しみに無頓着なマーガレットがそんなことを言うので、子供はびっくりするのだった。

何時間走ったのだろう。暗い沢が足下に広がり、夜明けの光に頂上を照らし出された蛮族の山々が、すぐ目の前にそびえ立っている。とある切り立った山陰に、雑草に埋もれたあばら家がチラリと見えたところで、走り詰めの馬がようやく止められた。マーガレットは子供を下ろし、重いマントを脱がせてやった。

「ついてこい」

慣れた手つきで雑草をかき分け、ずんずん進んでいく。そこは何度か掻き分けられて、道が出来かかっていた。そしてマーガレットは、屋根の腐った板造りのあばら家を探し出し、その薄暗い中へ入っていった。

入り口近くに木箱が積んであり、見慣れたほうきやランプ、鍋、服や毛布があった。子供が驚いている間に、マーガレットは窓を開けようとドタドタ歩き出した。途端に床板が割れ、穴があいて編み上げ靴がめり込んだ。

「チッ！」

靴を引き上げて、バリバリと床板を剝がしにかかる。強烈なカビの臭いが鼻を突き、息ができないほどに埃が舞い上がった。もくもくとした細かい粒子に二人は咳き込んで、外に飛び出さずにいられない。見ると、子供が笑っていた。マーガレットは何か救われた思いがし、待っていろ、とばかりに床板をやっつけに入っていった。顔にかかるクモの巣を払いのけ、チョロチョロ走る小動物に悪態をつき、窓を開けて空気を入れ替えた。それから、ボロ板を一枚一枚埃を立てないようにめくり上げていく。地面がむき出しになると、無数のアリやらムカデ、足の指の太さほどある錆色のミミズやら、成虫したら何になるのかわからない白い細かい卵やらが出てきた。それを踏みつぶしながら、板を外へ出した。

「よおし、入れ」

子供は馬の汗を拭いていた。

「掃除をして、ここを住めるようにしろ。今日からおまえはここで暮らすのだ。万一、人が来たら逃げろ。絶対に捕まってはならんぞ。おれもやがてここへ来る。二人で貧乏暮らしを始めるのだ」

子供は聞きながら、家屋敷もろともマーガレットに、ただならぬ事態がふりかかったことを察した。

「馬の背に少しばかりの食糧と、おまえの皮靴を持ってきてやった。ほどいてこい。と言っても、おまえには背が届かんか。おれがほどいてきてやろう」

そのあとマーガレットは鍋を持って、水を汲める小川を探しに行った。子供はむき出しになった地面をほうきで掃くために、靴を履いて頬かむりをした。柱や板壁、戸棚を雑巾でこする。木箱の中身をあけて生活用品を取り出し、食糧の荷をほどいて、米や芋や豆を戸棚にしまった。空になった木箱は、二つ並べて毛布を置くと、立派なベッドになった。マーガレットが薪を拾い集めてきて、かまどを使えるようにしてくれた。それぞれ汗を流して働いたので、夕方にはどうにかこうにか住む格好がついた。

「食糧の補充に、週に一度は必ず来てやるからな」

後ろ髪を引かれる思いで子供をそこに残し、マーガレットは一人屋敷に戻った。そして、疲れた顔をペゴに見せ、もっともらしくつぶやくのだった。

「こんなご時世でも、あいつを欲しがる奴はいた。どうせ失うなら、いい金になったものを、大損だ」

「ご執心であられましたのに、残念でございます」

ペゴが眉一つ動かさずに言うので、マーガレットは彼を横目で見た。

「おまえが言っておった捜索隊とやらを組んで、明日森へ捜しに行ってこい。おまえが隊長だ。見つけたら褒美に金をやろう。いずれ自由の身になれば、金が要るようになるのだ」

金を儲けなければ、食うこともできない。自由という言葉は、幸福の同義語としてよりも、裕福な主人の奴隷から、貧乏神の奴隷になる別の苦労として、少し前から非人の間に広まっていた。

「仰せの通り、捜しに行ってまいります。それでは、夕食のご用意を――」

ペゴがそう言い始めたとき、大きな椅子に埋もれて眠り込んでいる主人に気が付いた。慣れない汗をかいたこと、事が片付いて一つ安心したことで、マーガレットは近ごろなかった睡魔に襲われ、抗う力などこれっぽっちも残っていなかったのだ。

翌日、人夫達に森を捜させている間に、ペゴは子供が生きている場合に可能性のある逃亡先を考え、一人オルトへ行ってみた。ジェームズ爺の住んでいたシャートフ長屋の女将を見つけ、リミという名の子供が逃げたことを話した。

「リミなんて子、あたしゃ知らないよ」

「おっと、そうでございました。ジェームズ様にお渡ししたときには、リマイとかリマイマイという名の赤子でございましたが、その後ジェームズ様が、マリアと名付けられたようで、つまりそのマリアが――」

逃げてしまい、姿を見かけたら知らせてほしいと頼んだ。ほかにも村人に探りを入れてみたが、来た形跡はなさそうで、結局無駄足を踏んで帰ってきた。

夕方遅く空手で戻ってきた捜索隊に、マーガレットは一言、

「能無しぞろいめが」

と、叱責しただけだった。

翌週約束どおり、子供の住むあばら家へ行き、食糧のほかに、頼まれた教科書やノートを運んでやった。子供は元気そうにしており、炊事場が磨かれ、野の花が飾られ、小屋の周囲の雑草が少し抜かれて、一人暮らしを楽しんでさえいるようだった。


噂が出始めてから三年たったある日、政府は正式に非人解放宣言を行った。奴隷状態にある人間はすべて、一旦政府のもとに保護される、という名目で、その日のうちから戦車なみのトラックが数十台仕立てられ、一斉に西側の各地を回り始めた。山から蛮人を狩り出して非人・奴隷呼ばわりし、働かせていたのは、ほとんどが西側の連中だったからだ。

エンジンの付いた鉄の塊は騒々しい唸り声をあげ、長年働かされてきた奴隷達を、その主人の目の前からタダでひったくって回った。奴隷の労働の上に地位と財産を築いてきた地主や事業家達は、一夜にしてほぼ無一文の市井の人に成り下がった。なじみの奴隷達がいずれ低賃金労働者として、あるいは小作人として戻ってきてくれると信じるお人好しもいれば、残ったなけなしの金で東側へ移住する者、祖国へと引き揚げる者、外国企業に身を投じる者、借金取りに追われて逃亡する者等々、政府が救済に乗り出すまで、西側の産業界は一時大混乱だった。保護した非人達をギニンガ河口港建設工事に安く使うのではないか、と政府を勘ぐっていたマーガレットの懸念は当たった。主要都市は見る間に、たくましい非人の男や女達であふれ、広場という広場に用意されたバラックは、てんやわんやのごった返しとなった。彼らによって工事は着手された。文字通りに解放されて自由になったのは、役立たない老人だけであったが、彼等はみな物乞いする浮浪者になった。そして子供は、全員手近な孤児院に収容された。だが、それが良かったとは言えない。そこで養われ、必要な教育を受けたのち、将来その費用を、利子をつけて政府に返すことを義務付けられたのだから。

マーガレット屋敷の奴隷達は、数台のトラックに積まれて持っていかれた。

「これで全部か？」

役人が聞いた。

「屋敷に火をつけて燃やしてみたらどうだ。解放を怖がって逃げた奴が、焼け跡から一人ぐらい出てくるかもしれん」

「逃げた者がいるのか？」

「毎年一人、二人は出ておる。殺されるために逃げる奴が」

トラックの後を追ってハイエナのようにたかる商人が現れ、主人一人となっては使いようのなくなった、たくさんの仕事用具、牛馬、馬車、小物などを買いたたいて回っている。マーガレットは二頭の馬を確保し、残りはスプーン一つに至るまで売り払った。売れないものは庭へ出して焼き払った。

夕方には何もかもなくなってしまい、広い屋敷はがらんどうになった。怒鳴ろうが、鈴を鳴らそうが、這いつくばってやってくる者はもういない。耳を澄ましても食器の音一つせず、砂利の音も人夫の声も子供達の声も聞こえてこない。売らずに手元に残した二号の鞭を打ち鳴らしながら、マーガレットは屋敷の中の部屋を一部屋一部屋訪れ、若き日の栄華がいま終わったことを認めた。すべての扉に鍵をかけ、正門を閉めて『売り家』と書いた紙をそこに貼りつけた。仲買人との交渉、借金の清算、仕事探し等々、明日から取り組まねばならない問題が山積している。

マーガレットは馬にまたがり、もう一頭の手綱をひきながら、日暮れた草原をのろのろと南東へ進んだ。後半生に得た一つの魂の待つあばら家の方角へ。

十四

後味の悪い、嫌な出来事だった。

クリスマス休暇から、新年を待たずに寄宿舎に戻ったサリーは、見たくないものを見てしまった。まだ明かりの点けられていない薄暗い廊下の奥で、抱き合い、唇を合わせる男女の影だ。思わず足が止まった。二人が誰なのか、すぐに見分けがついた。彼らをよく知っていたからだ。男性のほうは担任の教授、女性のほうはスターラ。サリーはそっと踵を返してその場から去ったが、どうしよう、という思いで頭がいっぱいだった。教授は若くて独身だが、スターラは彼の教え子だ。こんなことがあっていいわけはない。無垢だと思っていたスターラにはがっかりだが、罪は教授のほうにある、とサリーは考えた。

数日後、スターラと話をするチャンスがあった。聞けば、前から憧れていて、自分のほうから近づいたのだと言う。それでも教授が悪い、とサリーは言った。

「いいえ、私が悪いの。でもね、初めての抱擁だったのよ。体が震えて……口で言えないぐらい、とろけそうだったわ。私、彼の本当の愛を感じるの、サリー。私たち、愛し合っているのよ。ああ、卒業後に結婚できたら、どんなにすばらしいかしら。もう学校ではあんなことしないって、約束する。だから、お願いよ、今回は見逃して、サリー。目をつぶって、なかったことにして」

スターラの懇願を聞くべきか、教授を訴えるべきか、わからなくなった。そっとクローマに相談に行った。というのも、あの教授の或る一面が、やはり心に引っかかっていたからだ。行く手にサリーを認めて顔を赤くし、首を掻かなければすれ違うこともできない男だということを、誰にも話しはしないが、知っていた。

クローマは驚き、そんなこと放っておくわけにはいかない、神父でもある学長に即刻お話すべきです、と主張した。

「でも、そうすると、私は友達を裏切ることになってしまうんです」

「それは裏切りではありませんよ、サリー。はるかに年上の教授が、未成年の女生徒をたぶらかしたわけですから。目のくらんだ女生徒には身を守るすべがありません。冷静な私たちがスターラを守ってあげるべきなのです。将来彼女は私たちに、泣いて感謝するでしょう」

まもなくして教授が解雇されたとの噂が広まり、その通り構内から姿が消えた。担任には別の教授がついた。そして、スターラはサリーに口をきかなくなった。かまととぶっているだとか、理性の勝ち過ぎた女だとか、果ては、やれ不感症だの、冷血女だの、ホルモン異常だのと、頻繁にサリーの悪口が聞こえてくるようになった。だが、サリーがその立っている高みから下りることはなかった。少なくとも外見上は。

実際は、自分のしたことが正しかったのかどうか、サリーはその後ずっと思い悩んだ。私は悪い事はしていない、と自分を励ますのだが、そうかしら？　という別の声も、やっぱり聞こえてくるのだ。

※

或る夜のサリーの白夢《はくむ》――

『大女はマリアをお供に引き連れて、広場を通りかかった。たまたまそこでは《奴隷自慢大会》なるものが催されていた。主人の自慢の奴隷達が、見物人に囃し立てられながら、男は力の強さや足の速さを、女は容姿や手の器用さを競い合っている。それを見た大女はあざ笑い、良い奴隷とはそんなものでは決まらぬ、といちゃもんを付けた。

「誠に自慢できる優れた奴隷とは、主人を決して裏切らぬ者のことだ。その者を信じて初めて主人は『これが私の自慢の奴隷だ』と言えよう」

「ほう」風采の立派な紳士が大女を見た。「私の奴隷は一度として私を裏切ったことはない。それは、ここにおられる誰もが同じではありますまいか。主人を裏切るような奴隷を、誰がここに連れて参るだろうか。当然のことの上に立って、さらに優れた能力を競っておる、それがこの《自慢大会》なのだ」

大女はひるまず紳士を見返した。

「私が拝見いたしたところでは、信頼するに足る忠実な奴隷など、ただの一人もここには見当たりませんな」

「なるほど」

と、話を聞きつけた審査員がやってきた。

「では、奴隷の忠実さを測るために、どのような方法があるとおっしゃいますかな？　そちらの飛び入り御仁」

大女はしばし考え、思いつきを述べた。広場が騒然となった。

「それは面白い。やりましょう、やりましょう」

と、先ほどの紳士が言った。審査員たちが集まり、大女の提案を協議した。いまひとつ盛り上がらなかったこの《自慢大会》を、大いに活気あるものとする名案であると、即座に意見が一致した。それは危険で、前代未聞の面白い競い合いとなること、間違いなかった。

ルールを説明して、老若男女の区別なく参加者を募ったところ、多くの主人達が、無謀だ、とんでもない、きちがい沙汰だ、と負け惜しみをつぶやいて、下りた。体裁上参加を決意した主人達は例外なく、その決意の前に、改めて自分の奴隷の目をしかと見つめたものだ。中央に集められた七人の中に、大女はそっとマリアを押し入れた。

「なんと運のいい者達だろう！」と、審査員の一人が奴隷達に言った。「おまえ達、よく聞きなさい。たった今おまえの御主人様が、おまえを自由にし、なおかつ家屋敷・財産をそっくり下さろうという書類を作っておられる。それを受け取った瞬間、おまえはもはや奴隷でなくなり、それどころか、途端に大金持ちの地主様になれるのだ」

審査員はこんなぐあいに計八人の奴隷達に、幼い者にも老いた者にもわかりやすく、何度も丁寧に説明をくり返した。そして全員が納得したようだった。一方、主人達は審査員に監視されながら、問題の誓約書を書かせられた。出来上がると、受け取った審査員が一つを群衆に向かって読み上げた。

「よろしい。お集まりの皆さん。これは実際、法的にも認められる正式な財産譲渡の誓約書であります」

どよめきが起こった。

「では、ご参加の皆さん、おのおのご署名を願います。それにて書類は完成され、即刻、法的効力を持つことになります」

ここへ来て恐れをなした三人の主人達が、負けを認めて競技から下りた。残り五人のうち四人は、それぞれ蒼白な顔で生つばをのみ込み、冷や汗をかき、打ち震えながら署名を終えた。一人大女だけが愉快げに笑って、紙からはみ出すほどの大きなサインをした。

そんな主人達の前に、競技のルールをよく呑み込んだ奴隷達が進み出てきた。さて、いざ誓約書を手渡す段になって、さらに三人の主人達が怖じけづいた。見栄も外聞もなく、次々と下りる表明をし、自分で誓約書をちりぢりに引き裂いた。あとには二人が残った。やりましょう、と最初に言ってしまった立派な風采の紳士と、大女だ。この火花散る一騎打ちに、見物人達が身を乗り出してきた。固唾をのむ群集の注目の中で、後に引けなくなった紳士は、目の前に立つ若い奴隷男に、真正面からしっかりと目を据えた。主人自慢の体格のいいその奴隷は、明るい目をしてその凝視を受け止めた。紳士は、顔にふき出した脂汗を袖で拭い、力を入れて握っていた誓約書を手渡した。すぐさま紳士はその書類を指さし、大声で命じた。

「破き捨てろ！」

「逃げてもいいんだぞ！」

と、ヤジが飛んだ。おい、逃げろ！　おまえは大金持ちになったんだぞ！　逃げればおまえの勝ちだ！　と、けしかけた。紳士は目を血走らせ、こめかみに青筋を立て、公衆の面前で初めて度を失って叫んでいた。

「馬鹿者っ！　バゼイ、さっさと破き捨てろ！」

バゼイと呼ばれた男は書類の下のほう、文盲の彼が唯一見分けることのできる主人の署名に、じっと目を注いでいた。興奮した群衆の止まらぬヤジは、具体的になってきた。

「おまえは自由になった。何でも買える。うまいものが食える。もう働かなくたっていい。おまえこそ目の前の男の主人になったのだ！　破いたが最後、後でしこたま鞭打たれるぞ！」

「鞭なんか打たぬ。破けば褒美をくれてやるぞ、バゼイ！　さあ、そのくだらん紙っ切れを破いてしまえ！　大会は終わりだ」

嘘だぞ、バゼイ！　頭を下げて褒美をもらわずとも、その紙に書いてあるとおり、もはやすべてがおまえのものだ！　大会は終わっちゃいない！

紳士はうろたえた。ついにバゼイの口元に裏切りのにんまり笑いを見たのだ。

「この野郎！」

たまらずに拳を振り上げ、必死の形相でバゼイに飛びかかった。バゼイは軽く身をかわし、その自慢の速足ですたこら逃げ出した。辺りが爆笑と歓声に沸いた。紳士は気を失ってその場に倒れた。

大女の番が来た。彼女はとっくにマリアに誓約書を渡し終わっていた。だが、そのまま何も命じることなく、腕を組み、紳士とバゼイの成り行きを面白そうに見守っていたのだ。バゼイが逃げたところで、大女の指図は、マリアに向かってあごをちょっと動かすことだけだった。一部始終を見ていて心を痛めたマリアは、手に持っているものを破いて大女に返しながら、

「あの方々、お二人で仲良く半分こ、というわけにはいかないのでしょうか？」

などと聞く。大女は、どうかな、と答え、賞金をふところにして、マリアお供の道中を続けるため、広場から立ち去っていった』

十五

破産状態にある元奴隷所有者を救済するための事業資金が貸し出されたとき、マーガレットはいち早く、元の自分の屋敷の住所で申し込みをした。すると、売りに出されている空き家だということがばれ、現住所でなければ不許可だと言われた。いま宿無しの浮浪者だと答えると、それではどこでもいいから宿を定めて出直せ、と言う。適当な所に間借り契約をした後、再度役所を訪れると、殺到されたために資金がたちまち底をつき、貸し出しは打ち切りになっていた。

屋敷が売れさえすれば、借金を返した残りでアメリカへ渡ることもできる。問題は、リミをどうやって船に乗せるかだ。いい案は浮かばず、三カ月以内に売れるものと高をくっていた屋敷も、一向に売れる気配がなかった。街や村を歩き回って仕事の情報をあさるが、うまい話もなければ、日雇い仕事もめったにないという厳しい状況が続いた。

「豆を煮ろ、豆を。疲れて帰ってきて、イモの顔など見たくない」

部屋に立ち込めた臭いを嗅ぐや、マーガレットはいらいらと炊事場に入ってきて、奥行きのある食糧棚から布袋を引き下ろした。豆袋のはずだったが、中にはカロイモが入っていた。もう一つの大袋はごつごつと膨らんでおり、見るからにカロイモが詰まっている感じだ。

「豆がなくなったら、早く言え。能無しめ。わかっていれば買ってきたものを。おれに金がないと思っているな」

リミは、いたわるようにマーガレットを見上げて謝った。カロイモが二つばかりに干し魚と木の実、崩れた焼きバナナが半分、といった哀れな食事をするマーガレットを見ながら、リミは何日も考えてきたことを口にした。

「私を働かせてください、お姉様」

「おまえに何ができるか。洗濯棒さえ満足に振るえんくせに」

マーガレットの作った洗濯棒はリミには重すぎたのだ。

「いいか。おまえの素性がばれれば、すぐに没収される。そうなったら、おれの飯は誰が作るのだ？　高い給金を出して賄い婦でも雇えというのか」

「前の御主人様が、竹を細く裂いてかごを作ったり、椅子敷きや枕を作ったりしていらっしゃいました。それから、わらを撚って縄やわらじを作ったり、商いの方から牛皮を買って靴を作ったり、水筒を作ったり、それはもういろいろ家の中にいながら働いていらっしゃいました。そばで見て、お手伝いもしていましたから、材料さえあれば、私にもできるような気がします。お姉様とご一緒にここで働けたら――」

「おれがそんなことをするか、たわけ。日雇いの荷運びはやっても、わらじなどは作らぬ。くだらんことを考える暇があったら――」

戸がノックされる音がした。マーガレットの体がギクッと反応した。こんな山奥のあばら家に人が来るはずがない。リミに、炊事場に隠れろ、と目と手振りで命じ、わざとテーブルに椅子をぶつけながら音高く立ち上がった。地面をドスドスと踏み鳴らして戸口まで歩いていき、炊事場のほうを見やってから戸に手をかけた。

「誰だね」

「道に迷っちまった者だが、ちょっくら教えてくんなせい」

マーガレットはもう一度炊事場を確かめ、戸を半分開けた。腰にかごを下げ、背中に布袋を背負い、よれたシャツに膝までの半ズボン、といったいでたちの男が立っていた。

「ラザールシティに行きてえだが、いったいどっちの方角へ行けばいいだか、すっかりわかんなくなっちまっただよ、だんな。ここは何てとこだね？　ラザールはどっちだかね？」

「ここはバオシティの南東の沢だ。おまえ、線路を越えてしまっただろう。越えたのが悪かったのだ。ここからラザールに行くには、方向としては北だが、馬でも進めぬほど険しい。だから、一旦西へ抜けて線路を越え直し、改めて北へ進むがよい。が、それにしてももう日が暮れかかっておる。ここへ泊めるわけにはいかんから、とりあえず北西の方向を取って、バオシティに入るがいい」

「やっぱり戻らにゃなんねえだか。チ……。北西てえと、だんな、こっちだね？」

男は行きかけて、思い出したように振り返った。

「だんなは一人で住んでおられるんで？」

「ん……いや、妹と一緒だ」

「はあ……そうでやんすか」

男はマーガレットの足元に目を落とし、あたりの地面を不審そうに見回した。

「何だ」

「だんなは、マリア、って名の奴隷の子供をご存じで？」

「そんなものは知らん。聞いたこともない」

「そうよな……。なに、解放ってもんが怖くて逃げちまった、とか聞いてるだからね」

男は家の周囲をしげしげと見ていたが、そのうち肩をすくめて去っていった。マーガレットは戸を閉め、錠を下ろした。子供が炊事場から出てきた。

「マリアなどという奴隷のことを言っておったが、おまえ、知っておるか？」

「私のことです」

「何だと」

「お姉様はお忘れかもしれません、前の御主人様が私に付けてくださった名前なんです」

「なんで、あんな通りすがりの者がそれを知っておるのだ」

「あの方はオルト村の大工のビセンテさんです。御主人様のご臨終を私に知らせてくださった方なんです」

「そいつがどういうわけでこんな所まで来て、やぶから棒におまえのことをおれに聞くのだ」

リミはしゃがんで靴を片方脱いだ。だいぶ前から詰め物を取って履いていたが、最近はきつくて痛くもなってきている。この世に一足しかないその靴をひっくり返して、マーガレットに裏を見せた。擦り減ってはいるが、深い溝が靴底に彫られており、わけなく『M』と読めた。

「何でこんなものを履いておる！」

頭に血がのぼったマーガレットは、危うく昔のようにリミを殴り飛ばすところだった。憤りを馬のような鼻息でこらえ、靴を取り上げて、ふらふらと椅子に座り込んだ。足先の歪んだ丸みやバラバラな釘、見れば見るほどユニークな履物だ。

「靴は盗まれることもある。あの男がそう考えてくれればいいが……ご丁寧にこの場所まで教えてしまったわい」

靴は翌朝土の中に埋められ、リミは裸足になった。

「お姉様は、私がいるために、こんなこそこそした生活をなさらなければならないのでしょう? お姉様お一人でしたら、街の中で暮らしたり、大きな事業をなさったり、いろいろ自由にお出来になるのでしょう? なぜ足手まといの私を、こんなふうにかくまっていらっしゃるのでしょうか?」

マーガレットは毎夜、疲労困憊して外から帰ってきた。かつての半分にまで痩せて、普段でさえだぶだぶに仕立ててある黒ズボンやシャツが、歩くたびに中央からすっぽ抜けて両脇に舞う、といった格好である。がっしりと太く、てかてかと光っていたうなじが、その艶を失い、ボールみたいな頭を支えるには、見るからに頼りなくなってきた。面積の広い顔には以前から額、口の脇、目の下などに深い皺があったが、一本が幾本かに分かれ、さらに肉が落ちて骨ばってきた。胸は薄くなり、角ばった両肩は丸くなって前方にかしいできた。

病気知らずで剛健な体の持ち主だったマーガレットが、体調を崩し始めた。夜中に突然苦しみ出し、リミに背中をさすらせるが、医者は決して呼ばせない。痛みを鈍らせるために酒を買ってきた、と子供には言うが、実は盗んでくる。

この日馬を一頭売り払ってきたマーガレットは、別段怒りもせずに答えた。

「おれは、奴隷なしでは稼ぐ術を知らぬ。奴隷なしで生きる術を知らんのだ。おまえを手放すことはない」

あばら家の生活が始まって以来、初めてマーガレットは休養を取ることにした。それで、いきいきと動き回る子供の楽しそうな昼間の生活を知ることになった。リミにとって、ここは閉じ込められた窮屈な隠れ家でも、恐ろしいマーガレット屋敷でもなかった。夜明け前に起きて飛び込む川の水の気持ちいい冷たさ（運が良ければ、雑草の茎を使って仕掛けた網に魚がかかっている）、草の上に広げた洗濯物と一緒に寝転がって見る遠い星が、暁に負けて徐々に明るさを失っていく様子、そして、瓶に汲んだ水や、ひと縛りした薪や、布袋に詰め込んだ木の実などを馬の背に山積みして、こぼしたり落としたりしないようにそろそろと引いて帰る朝日の中の道、そうしたものを子供は、神様の贈り物のように愛した。

「小さいおまえが、大きな馬をそんなに自由に操るとはな。いったいどこで覚えたのだ」

マーガレットは板の寝床に起き上がって、子供のすることを見ていた。リミは踏み台にのぼって、鍋のスープを、仕上げにかき回すところだった。

「お姉様のために」

視線を感じて、小さな鳥の卵をかかげて見せた。

「巣に三つあったので、一つだけ、ごめんなさい、っていただいてきてしまいました」

卵をかまどの縁で割り、きのこのスープに落とす。

掃除、草取り、縄作り、馬の世話、縫物、皮むき等々、日中のリミの仕事はたくさんあった。近ごろでは五メートル四方ばかりの畑を耕している。また、ロウソクを節約しながら、小物細工に頭を悩ませ始めてもいる。竹がないので小枝を使うため、すぐ折れてしまうのだ。そうした忙しい合間を縫って、ぼろぼろになった教科書を読む。マーガレットは呆れて、少し休め、と言った。楽しいんです、と返事が返ってきた。

「ちょっとこっちへ来てみろ」

さぞかし大きくなっただろうと思うと、ちっとも大きくなっていない。かといって、同じ小ささかと言えば、そうでもない。

「おまえが育っているのかどうか、おれにはわからん」

次第に癖がついて黒みを帯びてきたリミの褐色の髪をつかんで、顔を仰向かせてみた。日に日にリムの血の輝きが増す目鼻立ち。人の心に染み入る穏やかな表情。そこには、子供から娘になっていく微妙な変化がうかがわれるのだった。

「おまえはいくつになったのだ?」

「十一ほどだと思います」

「十一か……まだ男を欲しがる年ではないな」

リミの目の中に無垢な光しかないのを見て安心し、マーガレットは髪を離してやった。そして、三本の指の間に自分のあごを挟み、物思いに沈みながらテーブルのロウソクの灯を見つめた。

「お姉様は……」

リミはまだ横に立っていて、マーガレットの青黒い横顔に話しかけた。

「何だ」

「お姉様は、あの……ご結婚なさらないのでしょうか」

マーガレットは振り返ってリミを見、愉快そうな笑みを浮かべた。

「おれがか？　ふん。おれよりも強い男がどこにいる。結婚なんぞ考えたこともない」

答えは簡単だった。しばらく前だったら、全くそのとおりだ、とリミも思っただろう。マーガレットをお嫁さんにできる男といったら、えんま大王ぐらいなものだ、と。しかし、いまマーガレットの強さは半減どころか、それ以上に衰えている。誰か山男でも現れたら、あるいは大工のビセンテでもいい、彼と闘ったらマーガレットは敗れるだろう。男女の関係は闘いであり、負けたほうのおなかが、汚《けが》れた証拠に大きく膨らむ。そうなると一生、勝った者にかしずいていなければならない。ニッパ小屋でウェリがそう言っていた。相手が誰であれ、人にかしずくマーガレットの姿が想像できるだろうか。

十六

　大学四年の新年に、サリーは街の喫茶店でフローラと落ち合った。ハイスクール卒業以来初めて二人で会う。フローラが夢の子供のことをチャーリーにしゃべってしまったのを恨んでいるのか、フローラが身を汚したことに軽蔑する気持ちを抑えられないのか、どちらか自分でもわからず、サリーがフローラに心を許して話すことはなくなった。それを感じたフローラのほうも形だけのあいさつしか交わさず、親密だった二人の友情はすっかり壊れていた。ここへきて会って話をしようとサリーが思ったのは、フローラとチャーリーの関係が終わった、との情報が伝わってきたからだ。チャーリーに捨てられたようだ、という噂なので、さぞ落ち込んでいるであろう昔の友達に会ってあげなければ、との義務感がちょっぴり、あとは、あんな気まずい別れのままではなく、あなたを許しているし、考え方は違うけれども、今でもあなたを友達だと思っている、という気持ちをぜひ伝えておきたいと思ったからだ。

　フローラは意外に元気で、あっけらかんとしていた。

「その後いい人と出会ったから、チャーリーと別れて、むしろ良かったの」

　その『いい人』がどんなにステキかをさんざんぶちまけたあと、チャーリーの悪口に入った。

「チャーリーはあたしよりあなたに気があったのよ。話がすぐあなたのことになるんだもの。

でも、あなたがつれないもんだから、彼、ひどいことをあたしにぶつぶつ漏らしていたの。あそこまで徹底して俗事に侵されない意志を持つというのは、女にはめったにないことだ、あれはもう中性と言ってもいい、なまじっか女の身をさらしているから男は惑わされる、いっそ尼にでもなればいいんだ、なんて言ったの。そしてね、子供の夢を見続けるというのは一種の性倒錯で、恋愛しない限りそこからは脱せない、僕は失敗したけど、いつか彼女を狂わせる男が現れたら、そんな夢など跡形もなく消えて、頭に描いていたことすら忘れてしまうだろう、反対にもし恋愛を避け通すなら、よぼよぼの歯っ欠け婆さんになるまで子供相手に夢を見続けることになる、なんて言ったのよ。馬鹿にしてると思わない？　彼にとってあなたは高嶺の花なもんだから、悪口言ってやっつける以外、気持ちのやり場がなかったのね。いざその気になったら、男なんて、サリーは選り取り見取りよ、って言ってやったわ。

あたし、デュランこそあなたにぴったりお似合いだと考えていたの。入学当初はあんなに仲が良かったじゃないの。でも、あなた、彼を振ってしまったから……。で、何にも話さずに別れてしまったの？　何にもなしに？」

「話はしたわ。『君のことは忘れない』ってデュランが言った。そして『最後の別れにお願いがある』と言って私を見つめてきたの。言葉では言わなかったけれど、何となく意味がわかった。だから、『婚約前に私が誰かに唇を許すことはありません』ときっぱり断ったの。私たち、きれいに握手して別れたのよ。そういう意味では、彼は立派だったわ」

「デュランに関して、新しい情報があるんだわ。どこそこの令嬢と先日婚約したんですって。なんか、こう、あたしは残念な気がするのよね。大きな魚を逃しちゃったような。で、あたし、思うんだけど、あなたにはうんと年上の男性、お父様ぐらい離れていて、もちろん清潔で、品行方正な男性、そういうのがいいんじゃないかしら。将来あなたが仕事する学校には、きっとそんな男性がいてよ。あたしのアメリカの叔母が二十歳年上の男性と結婚したんだけれど、今でもとてもやさしくしてもらっていて、経済的にも豊かに暮らせているわけよ。

あ、そう言えば、スーザンを覚えているでしょ？　今ずいぶん年上の人とお付き合いをしているんですって。ネックレスを買ってもらったの、靴を買ってもらったの、ってみんなに自慢するんですってよ。でも、サリーだったら、もっとすごい男性だってイチコロにできる、ってあたしは信じているわ。大きな魚を射止めて、あのスーザンを見下してやってちょうだい」

止まらないフローラのおしゃべりを浴びながら、サリーは物思いにふけっていた。最初からまともに聞いていられないほど、この四年の歳月が二人の道を隔ててしまったように感じた。

「行く学校を決めたわ」

「あら、どこに？　ジェーンなんか十件も資料を集めて、まだ決めかねているのよ。それでどこにしたの？」

サリーは遠いロンショーにあるミドルスクールの名をあげた。

「何ですって？」

「私立ロンショー女子中学校」

「それ、知ってるわ。事業に成功したお金持ちの家の子供が多く通ってる、っていう中学校ね。で、でも、サリー、あそこには全く男の人がいないっていうことよ。校長も、先生方も、職員も、みんな女性なんですって。そんなところに埋もれてしまってはダメよ、サリー。偏屈なオールドミスになること必至ですもの。ジェーンだって、あそこは魅力がない、って見向きもしなかった所よ。女子中学なら、もっと近くにたくさんあるじゃないの。そんなひどい田舎に行かなくたって」

「知っているでしょう？　私は田舎のほうが好きなの。純真な子供達を教えたいわ。ロンショー女子中学は少人数制をとっていて、教育熱心で、純潔を重んじるの」

純潔を重んじると聞いて、フローラは、ズキン、と胃に重さを感じた。目だけ動かして、サリーを見た。だが、サリーのまなざしは純粋に輝き、そこに皮肉のかけらもないのを見て安心した。

「初代の校長先生がウッド村に開拓者の子女を預かる寄宿施設を作ったのが、始まりなんですって。それが今の女子中学になったそうなの。いろいろ調べたのよ。いい先生方をそろえているわ。三年間を通して同じクラスを受け持つという、逃れようのない責任を課せられるシステムも気に入っているの。私の足跡がそこに残るでしょう。学問の喜びと、誇り高い精神を子供達に伝えたいわ、フローラ。三年あれば、多少の失敗も取り返しがつくような気がするし、全力を尽くすに十分な時間でしょう。理想どおりに行かないことの方が多いかもしれないけれど、それはそれでまた乗り越えたり、克服したりする楽しみがあるわ。でもね、私が挫折して泣いて帰ってくるのは目に見えている、とイルーネは言うの。子供達はきれいな人形ではない、汚い生き物であって、わがままな私がそんなものに我慢していられるはずがない、すぐに音を上げるか、お払い箱になるに決まっている、って言うの。イルーネにとっては、私はいつまでも十五、六の癇癪持ちの女の子なんだわ」

「でも、やっぱりどう考えたって、あなたの精神衛生にいいとは思えないわ、サリー。それに、田舎ではお給料だってよくないでしょうし」

「確かにお給料はよくないの。でも——実はね、私、翻訳の仕事もやり始めたの。広告を見て応募したら、首尾よく通って、月に一、二度送られてくる原稿を、参考資料を見ながら英訳したり、西訳したりしているの。いまのところ楽しいわ。これをずっと続けて、生徒達のことで悩んだときの気晴らしにしようとも思っているのよ。貯金にもなるし……何しろ一人で暮らしていかなければならないんですもの、お金は必要だわ」

副学長のクローマは、何としてもサリーを当大学に引き止めたかった。ロンショーくんだりの女子中学なんぞへやってしまうのは、残念でならない。手塩にかけた自慢の娘を、鼻垂れた田舎者に嫁がせる親のような気持ちだ。サリーの決心が揺らぐほど、老婦人はそのしわくちゃ

の両手で、サリーのほっそりした手を握りしめ、

「もう一度考え直してみてはくれませんか」

と、繰り返すのだった。


サリーは手紙を二通したためた。クローマには深い感謝の言葉を送り、フローラには、改めて決意の言葉を綴った。


『フローラへ。

ひどい雨風の夜です。明日、この嵐が収まるのを待って、私はロンショーへ発ちます。副学長のミス・クローマが引きとめてくださり、それを振り切るのはつらいことでしたけれど、私はやはりノストラサン大学の助教授を目指すより、名もない田舎の学校の女教師になりたいのです。何度も言うように、華々しい道は私の好みではありません。地味な道を、小さな幸せを摘みながら、夢見心地に歩くほうがずっと好きなのです。美や真理や幸せは、ひっそりと物陰に多くあり、華やかな壇上にあることは稀だと考えるものですから。

知らない所で、しばらくは寂しい思いをするでしょうけれど、そのうちだんだん私のかわいい生徒たちに親しみが湧いてくることでしょう。何よりもマリアが一緒です。マリアは私の安らぎ……いいえ、安らぎとは言えないわ。だって毎夜のように、マリアの存在の大きさに心ふるえる思いをして、涙するんですもの。

喫茶店であなたにお話するのを忘れたんだけれど、昔メルフェノ森で見た小さな子供に、会いに行ってみました。リミという名前でした。でも、すでに瀕死の床についていたの。かわいそうでしたけれど、何も助けてあげられませんでした。そして先日、ラザールとその両隣の市のお役所に手紙を出してみたんだけれど、リミという名の解放された奴隷の子は、リストに載っていない、という返事でした。死んでしまったのかもしれません。土の中に横たわって、永遠の眠りに……。

私のマリアは、その悲しみと運命を背負っているように思えます。マリアほど多くを持っている子はありません。夢の子ながら、誰よりも何よりも、私、マリアが好きなのです……。その意味で、リミがマリアでなく、マリアが現実の子でなくてよかった、とつくづく思います。夢が台無しにならないように』

※

別の夜のサリーの白夢——

『解放されたマリアは修道院に送り込まれた。働き、祈り、懺悔し、学び、さらに働き、さらに祈る。

そうしたある日のこと、ミサの最中に恐れ多くもキリストご自身が御姿を現された。人々は集まってきて、感動し、ひれ伏した。そして、真実の心と偽りの心とについて説かれるお教えを、謹んで拝聴したのだ。お言葉によれば、人間の考えは未熟で浅はかなので、自分の心が良い方向にあるのか悪い方向にあるのか、人生に流されるうちに己自身にも見分けがつかなくなっているという。そのあと部屋に響き渡ったのは、深い反省と悔い改めが必要な者の腕には黒い印を付けておくゆえ、自分の腕にそれを見つけた者は、戒めを受けたと思うがよい、とのお声だった。

「それから、この中に」

キリストは御姿を隠される前に、付け加えてのたもうた。

「その美しい心ゆえに、私がこよなく愛してやまぬ者が一人いる。その者よ、その手に接吻を受ける値打ちのある、ただ一人の者よ、汝の背中には、金色に光る十字の印を付けてしんぜよう」

キリストが天にお戻りになられたあと、ローマから赴任中のさる高名な神父が、感極まって気持ちを高ぶらせ騒ぎ出した人々を、こう制した。

「ただいまのお告げを皆よくかみしめ、我々は日々の行いを常に省み、絶え間のない努力をいたして参りましょうぞ」

年老いた女修道院長は最初から、この神父様の背中にこそ金色の十字の印があるに違いない、と信じ、こうべを垂れた。

さて、各々ひとりになったとき、二人の例外を除いて全員が、真っ先に袖をめくって自分の腕を見た。黒い印のなかった者は、次に、まさかと思いながらコッソリ鏡に映して、自分の背中を見てみたものだ。例外のうちの一人は、順序が逆だった。つまり真っ先に自分の背中を調べてがっかりし、よもやと腕をまくって見てみたのだ。もう一人の例外のほうは、どちらのこともしなかった。わかっているので、調べる必要を感じなかった。

年老いた修道院長はローマの神父の部屋を訪れ、うやうやしくひざまずいて、背中に十字の印を持たれるお方は貴方をおいて他にない、どうか御手に接吻をさせていただきたい、と頼んだ。神父は、いやいや、誤解されては困る、自分ではない、と答え、いまは他人のことは考えず、ただキリストの宣われる〈我が心〉について、ひたぶるに内省すべきときです、と諭した。その謙虚な返答に修道院長は心を打たれ、熱烈な賛美を胸に秘めて部屋を下がった。

すると、まもなく今度は修道院長の部屋へ、こんもりとした額の、賢そうな修道女がやってきて、拝見させていただくまでもなく、背中に十字の印があるのは院長様に間違いないから、ぜひ御手に接吻させてほしい、と願い出た。修道院長は、とんでもない、と答えて早速下着姿になり、背中を見せた。ではいったいどなたなのでしょう、とその修道女は不思議がった。そこで修道院長はローマの神父の言葉を伝え、あの方こそキリストに愛される美しい心の持ち主であられます、と教えた。修道女はひとまず納得して引き下がったが、一人になると首を傾げた。

誰が十字の印を持っているのか、修行中の者たちの間で話題になったが、その後、ローマの神父からも修道院長からも、十字の印については言及されることがなかった。ただ黒い印については、修道院長が若干の説教をした。それも、神の啓示を感謝しなければいけない、黒い印のない者も思い上がって気を緩めてはいけない、と諭したに過ぎず、誰が持っているかなどは決して追及しなかった。他の人に自分の腕の黒い印を打ち明けて見せた者、また懺悔した者がいた。すると、その者達の黒い印は一回り小さくなった。

幾日かが過ぎると、十字の印は院長様だ、いや神父様だ、あのマドレに違いない、いや誰それだと、騒ぎが収まらなくなってきた。それを察したローマの神父が、ある日皆を集めて言った。

「背中に十字の印を持たれるお方は、どうぞお立ちになってくだされ」

皆しんと静まり返った。誰も立つ者がいなかった。神父は気長に待った末、背中に十字の印を持たれるお方は、それでは後でそっと私の部屋までおいでになってくだされ、と丁重に頭を下げた。

一週間が過ぎたとき、さっぱり見当のつかなくなった修道女が、背中に十字の印を持たれるお方は判明したのかどうか、ぜひお伺いしたい、キリストに愛されるお方の御手に接吻させていただかないことには夜も眠れない、などと落ち着かない胸の内を神父に明かすのだった。神父は、いまだにどなたかわからない、あれから自分の所へ来た者はいない、と述べたのち、見苦しく追及するのは恥ずべき悪い好奇心だ、と戒めた。横で聞いていた修道院長が、これこれ、と修道女に注意した。

「目の前の神父様の御手に接吻させてくださるよう、お頼みするのですよ」

神父は、決して決して、と首を振って否定した。そうしながら彼は、修道院長が一層確信を強めたことを感じ、また修道女がどう考えるかを懸念し、誰も名乗りをあげないことにホッとしている自分を、なんとなく感じているのだった。しかし、それを認めようとはしなかった。もっと気がかりな、認めたくなくても認めざるを得ない明瞭な事態を抱えていたので、そちらのほうを謙虚に、しかし内密に懊悩することで、よしとした。日夜、神に祈り、努力を怠らず、そして早くこの赴任期間が終わればいい、と願いながら。

ローマの神父様に違いないと考えながらも、一方で、もしかしたら……と思う気持ちがあり、修道女の〈悪い好奇心〉は次第に熱を帯びてきてしまった。神にこよなく愛されるほどの美しい心の持ち主なのだから、いい気になって自分から申し出るはずがないではないか。そこで修道女は、誰も名乗りをあげないので神父様はお悲しみでいらっしゃる、隠していることこそ人の気持ちを惑わし、独りほくそ笑む自惚れた心ではないだろうか、などと他の修道女たちにささやいたり、受け持ちの授業で疑問を投げかけたりした。それでも結局、誰なのかわからず、時がたち、神父の赴任期間が終わった。修道女は〈悪い好奇心〉によって考え疲れ、ただ混乱を抱え込むだけだったことを反省して、最後に神父に許しを請うた。そして、キリストの宣われたお方が神父様であることを、今では少しも疑っていないと、涙ながらに御手への接吻を願うのだった。

「お泣きなさるな、マドレ。私は――」

神父は、修道女の視線が自分の手を凝視し、それから上へあがって首元にはりづけになり、その顔に驚きの色が広がっていくのを見た。彼は咳き込んで話しやめ、風邪を引いているので失礼する、と言った。彼はだいぶ前から風邪をこじらせていたが、医者に診せたがらなかった。そして、ひどい気管支炎を起こしたままローマへ帰っていった――

修道女は生涯誰にも漏らさなかった。腕にポツンとあった黒い点が日一日と大きくなり、体を這って徐々に広がり、首元に達するまで覆われるようになったと察せられる、さる高名な神父の罪を。それからもう一つのほうも――

ある日悪疫の予防注射の際、大小様々の黒い印を誰が持っていて、誰が持っていないかが、そのときすっかりわかったのだが、ある一人の小柄な女生徒の小麦色のほっそりしたなめらかな腕を、医者がおもむろに褒めた。

「清らかな証拠じゃな」

すると、その女生徒は自分の腕に目をやって、ああ、とため息をつき、私があまり取るに足らない者なので、印を下さるのを忘れられました、と言った。そばの机で記録を取っていた修道女は、ドキッとしてこんもりした額を上げた。あとでその小柄な女生徒を部屋へ呼び、後ろを向いて下着姿になりなさい、と命じた。女生徒は従順に、何の疑いもなく命令に従った。修道女は思わず、あっ、と悲鳴を上げた。そして、金色に輝く十字の印に目をくらませながら、あわててひざまずき、無我夢中で小さな女生徒の手に接吻の雨を降らせた。わけがわからないでいる女生徒は、まもなく修道女の熱した説明を聞いて、再び小さく、ああ、と嘆息した。そして、こう言うのだった。

「それでも、お目にとめていただいて、うれしいです」

修道女は何度もこの言葉の意味を考えたが、初めは皆目わからなかった。女生徒のその後の様子やら、彼女の日常生活に注意してみて、よくからかわれたり、いたずらされたりしていることなどから、どうも神にまでからかわれて背中にいたずら書きされたと思っているらしい、と、やがて推定するに至った』

十七

マーガレットは衰弱し、一時危機的な状況に陥った。吐血をくり返し、畑で作った野菜のスープだけが彼女の食事になった。マーガレットが外出できなくなったので、イモや豆が手に入らない。リミは馬で駆け回って、食べられそうな木の実やキノコや木の根っこを集めるのに精を出した。夜中にも川の冷たい水を汲んできて、汗びっしょりのマーガレットの背中を拭き、大きな葉っぱで仰ぎ続けた。どんなに熱があっても、医者を呼ばせなかったのだ。看病疲れでリミが体力を消耗し切ったころ、ようやく吐血が治まり、少しずつ食事の量が増えてきた。

ふらつきながらも馬にまたがれるようになると、マーガレットは残り少ない金をかき集め、バオシティの街へ買い出しに行った。行かざるを得ないほど、何もなくなってしまったのだ。

仕事があったにしても、まだとても働ける状態ではない。何某かの援助が受けられはしないかと、役所に出向いた。ペンキのはげ落ちた木造建ての役所は取り壊され、新しいコンクリートの土台が築かれている最中で、宿を定めて出直せ、とかつて言った役人が、簡易テントの下でタイプを打っていた。彼はマーガレットを見分けられなかった。物乞いを追っ払え、とほかの者に言った。

「マーガレット・ホルス？　ああ、あなたでしたか」

彼は打っていた書類を裏返し、椅子を回して立ち上がった。マーガレットを上から下へ見下ろしたあと、青空の下にある来客用のベンチを指さした。

「いままでどちらにいたんですか？　捜しましたよ。借金の取り立て人が騒いでいましてね」

マーガレットは、かつての体重だったらばペチャンコにしてしまうような、ちゃちなベンチに腰を下ろし、両足の間の地面に唾を吐いた。すぐそばで元奴隷だった二人の人夫がシャベルでセメントをかき混ぜており、その細かい粒子が飛んできて口の中に入った気がしたのだ。

「いくら騒がれても、屋敷が売れんことには、どうにもならんのです。それは取り立て人達も知っておるはず」

「いずれにしろ、居場所を知らせておいてもらわなければ困るんです。洞穴にでもいたんですか？」

「そのとおり。あちこちの洞穴にですな。居を定めるには金が要る。奴隷どもを取り上げられて、どうやって金を捻り出せるものか、お教え願いたいもんですわ」

「政府を批判すると、即刻逮捕ですぞ。抗議してぶち込まれた者が大勢いますからね。ちょっと失礼」

役人は、人の声のするバラックの中へたばこを取りに行き、戻ってきた。

「私はぶち込まれに来たのではない。金を貸してもらいに来たのだ。長年役所の仕事を請け負ってきた者が、明日の食い物にも不自由しておるんですぞ」

たばこを勧められたが、手を上げて断った。

「まもなく第三次の救済金が貸し出されることになっているんですよ。今度は乗り遅れないようにしないといけませんね」

役人は自分の椅子に戻り、鼻や口から煙を吐き出した。

「それから、ホルスさん。解放直前に、あなたの所で奴隷が一人逃げたそうですね。マリアという名の」

「マリア？」

「そう。オルト村の大工が、最近ここらを出稼ぎに回っていたとき、足跡を見つけたと言うんです」

「おう、思い出した。そう言えば、そんなことがありましたな。すっかり忘れておった。あれをマリアと呼んでいなかったものでピンと来なかったが、その大工は見間違いをしておりますな。あれは森の中で獣に食われて死んだと、私は聞いておる」

「あなたの元の奴隷達もそのようなことを言っています。しかし大工が言うには、南東の沢の奥深い板小屋に、馬鹿でかい顔の男が妹と一緒に住んでおって、その周辺にマリアの足跡を見たんだそうです。我々も近く調査に行くつもりですが、なにせこの改築騒ぎで、めったやたらと忙しくて、なかなか実行できないでいるんですよ。あなたはマリアを、たしか――」

「リミと呼んでおった」

「解放後間もなくノストラサン大学の女学生から問い合わせがありましてね、リミという名の元奴隷の行方が知りたい、と言うんです。マーガレット屋敷にいたリム族の娘だと言うんで、あわててリストを引っ張り出したが、そんなのはないんですよ。そこへマリアの情報でしょ。リミとマリアが同一人物で生きていたなら、上からどやされること必至ですよ。リム族の娘と来たら、いまや貴重品扱いですからね。あなたはなぜマリア、つまりリミが逃げたときに、捜索願を出さなかったんです？」

「あれは逃げるような子ではなかった。それは誰に聞いてもそう言うだろう。呼んでも出て来ぬ、捜させても見つからぬ、ということは、死んだということなのだ。大工が見たという靴跡だが、お役人さん、リミは森へ入るときには、必ず靴を脱ぐ習慣があったんですわ。万一生きて逃げ回っておるとしても、その靴を履いて森におることは、あり得んことです」

「まあ、すべて近いうちに明白になりましょうが、とりあえず——」

現在居住している場所の地図を描かせるために、彼はメモ用紙を探した。だが、マーガレットのこけて突き出た頬骨や、継ぎの当たったズボンから透けて見える膝小僧を改めて見て、探すのをやめた。

「お屋敷が早く売れるといいですね」

三日分にも満たない食糧の袋を抱え、怖い顔をしてあばら家に帰ってきたマーガレットは、余計な仕事は一切するな、と子供に命じた。

「体力を蓄えておけ」

それが二人の長い放浪の旅の始まりを告げる言葉だとは、子供は知らなかった。

数日後、体力が幾分戻ってきたところで、マーガレットは馬に乗って出かけ、馬なしで荷物を担ぎ、歩いて帰ってきた。翌日二人はあばら家を出た。

昼間は山を登り、谷を下り、川を越え、道なき道を進む。夜は線路をまたぎ、表街道に出て西南の方向へ下る。エレムに次いで西側第二の街バオシティ、その半分も栄えていないが、一応鉄道が停まるので村から市に昇格した街アナリサンラシティ、大工場街サガハンシティ、さらに遠く南下して日に二本しか汽車が来ない終点のホーリポヤルシティ――二人は転々と居場所を変えた。子供を洞穴や林の中に隠しては街や村々を歩き回り、馬を売った金を少しずつ取り崩して食糧を買ってきた。運のいいときには農家の手伝いをしたり、牧場の軽い仕事をしたりして、マーガレットはわずかばかりの日当を稼いでくる。その金で自分のための酒と子供のための卵を買った。姿を見せてもいけなければ、生活している気配を見せてもいけないという言い付けどおり、子供はひっそりと悲しげに生きていた。

ときどきマーガレットは仲買人に連絡を取り、局留めの手紙を受け取ったが、屋敷は売れず、また第三次救済資金貸し出しも無期限の延期が続いていた。

げっそりと気落ちして洞穴に帰ってきたある夕方、男の声がするので忍び足になり、そちらの方へ近づいていった。と、リミが見知らぬ浮浪者ふうの男と一緒に、川の岸辺の石に腰かけているのを見つけた。男は五十前後の土着民と見え、リミを相手に何やら真剣に話をしている。リミは彼をじっと見つめて耳を傾けていた。と、男の片手がそっとリミのほうへ伸びた。逆上したマーガレットは駆け寄り、リミの腕をつかんで引っ張り上げた。

「誰とも話をするな、と命じておいたのを忘れたか、ばか者！」

そのあと、浮浪者が両手を上げてつかみかかってくるように見えたので、彼に殴りかかった。リミが身を投げて間に入り、怪我をなさっています、とマーガレットを止めた。

「何?」

見れば、浮浪者は足から血を滴らせていた。布切れで縛ってあるが、端からふくらはぎの肉がざっくりえぐれているのが覗いている。重傷だ。

「なぜ医者に行かない? その金はどうした? それだけ金があるなら医者に行けばよかろう。なぜこんな所に身を忍ばせておる?」

浮浪者につかみかかった時、その腹に札束が挟まれていることに気づいたのだ。彼は口ごもった。

「おまえ、盗みを働いてきたな」

「いや……その、だんな……」

マーガレットは確信し、いきなり彼を突き飛ばして横倒しにしたと思ったら、その腹から紐で縛られた札束を抜き取った。

「これは預かっておこう」

「やめてくれ! それは船を売った金だ。私が汗水流して働いてきた金なんだ!」

マーガレットは金を奪い、リミの手を引いて洞穴のほうへ歩き出した。

「お姉様、いけないことです。どうか、お姉様――」

何を言ってもマーガレットはきかず、洞穴の中にリミを転がすように離すと、荷物をまとめろ、と命じた。二人は瞬く間にそこを引き払い、暗くなった森の中を奥へと歩いていった。

だいぶ歩いたのち、大木に身を寄せて荷物を下ろすと、マーガレットはリミを引っぱたいた。途端に肩に痛みを感じ、浮浪者を殴った時におかしくしたか、と考えた。

「おれの命令がきけんのか。人に見つかるな。気配を感じたら姿を隠せ。誰とも話をするな。全く、何度言えばわかる」

リミが下を向いて額に手を当て、苦しそうな息をしているので、マーガレットは言った。

「屋敷が売れたら、この金は返す。どうせあいつが盗んだ金だ。おれが預かって何が悪い」

「あの方はどうなるのでしょう？　そのお金がなかったら」

「あの出血じゃ、もうもたんだろう。死人に金は要らぬ。屋敷が売れたら、金は役所に返す。必ず返しに行く。おまえの心配することじゃない。もう考えるな。わかったか」

リミのあごをつかんで上を向かせ、星明かりの中で表情を読み取ろうとした。その瞳は潤んでいた。そして、こちらと目を合わせようとしなかった。

「わかったら返事をしろ」

だが、マーガレットの手が頬に食い込んでいるので、返事のしようがない。離してやると、わかりました、と小さな声を出した。

「あの男と何の話をしていた？」

あんなに食い入るように人を見つめて話を聞く子供の姿を、今まで見たことがなかったので、どんな話をしていたのかと気になったのだ。

「また昔の知り合いか？」

見たこともない知らない人だと答えると、それならなぜ話なんかしたのだ、と聞かれ、リミはいきさつを話した。

洞穴の近くで一人の男の姿を、こちらが先に見つけたので、隠れて見守った。彼は怪我をしており、傷口を川の水で洗い、痛そうにしながら草を束ねて編んで、止血しようとしていた。リミは洞穴から布切れを持ってきて、丸めて男のほうへ投げ、すぐに木の後ろに隠れた。男は気づいて小さな子供の気配を感じたが、布を拾って自分の足を縛った。縛りながら、ありがとうよ、と声を出した。自分は動けないので、何か食い物があったら、少し持って来てくれると、とてもありがたいんだが、と続けた。その言い方や優しげな声の調子に何も悪いものを感じなかったので、リミは洞穴からわずかな木の実を取ってきて、男の前に姿を現し、その大きな両手の中に上から落とした。男は感謝して、ありがとうありがとう、と言ったが、こんな所に小さな子供がいることにびっくりしたのか、目を丸くして見つめた。そして彼は、子供の瞳が何かを自分に思い出させる、と言ったのだ。何だろう、と彼はしばらく考え込み、ああそうだ、マラリアに罹ったリム族の友達だ、あいつの目に似ているんだ、と言った。

そこまでリミが話すと、マーガレットが、チキショウ、と言った。

「おまえを見て、すぐリム族の娘だとわかってしまったんだな。馬鹿め。だから、姿を見せてはならぬ、と言っておるのだ。もう二度と人前に顔を見せてはならぬぞ。いいか」

マーガレットは札束を腹に抱いて暗闇に横たわり、疲れた声でつぶやいた。

「これだけあれば、あの屋敷が売れるまで、悠々食いつなげるな。そして屋敷が売れれば、おまえを政府に引き渡し、即刻金を出しておまえをもらい受けてやる。それまでは我慢なのだ。だから、おまえも我慢しろ……。おまえは誰にも……渡さんぞ……。おまえはおれの……ものだからな……」

つぶやきながら眠ってしまった。男の話の中で頭に残った言葉が、マーガレットとリミでは違っていた。マーガレットの耳に突き刺さったのは〈リム族〉であったが、リミの関心を引いたのは〈友達〉だった。リミは横になりながら、男のそのあとの話が気になり、いつまでも目を開けていた。男は木の実を味わいながら、昨日のことのように覚えているという自慢話から始め、子供相手だということも忘れて、かつての栄華の時代の思い出にふけったのだ。

――男は名をカステリといい、つい三年前までは二十トンばかりのダイバー船の船主兼船長だった。そのダイバー船というのは、ビラ族の王の居城のあるホースル港に基地を置く天然真珠貝の採取船で、四人のビラ族の潜水夫を雇っていた。ほかに、彼らに空気を送るポンプを押したり、彼らの上げ下ろしのロープを巻いたりする同じくビラ族の人夫が二人、さらに潜水夫の命綱を持つメキシコ人が一人いた。月に一度飲料水の補給のためにボガ港に寄港するが、そこで——あれはもう二十年も前の話だが——こんなところにいるはずのないリム族の若い男を見た。その男の全身からは、手足、胴体、顔と言わず、耳の穴、鼻の中、舌の表裏からも、臭い膿が流れ出ているのだった。カステリは関心を引かれて、わけを尋ねた。

若い男は名をロカマナルといい、リム族の、数十人いると言われる王子の一人だったが、王のやり方・考え方に反抗して族の領地を出たのだそうだ。島から本土に渡って、荷運びの仕事を得たが、ある日マラリアを患い、良くなったり悪くなったりを数回繰り返した。ようやく最後の再発が止まったと思ったら、猛烈な吹き出物が化膿を伴って体じゅうに発生した。これは先進国へ行って治療する以外に助かる道はない、と雇い主に言われ、島内船に便乗してここまでやってきた。そしてアメリカ郵船の豪州航路からの帰りを二十日も待っているのだった。その間も、全身から流れる膿と悪臭のため、いずれのホテルでも泊めてもらえず、毎夜海岸沿いの草の上で、膿が付いてコチコチになった毛布を蚊よけに被って寝ていた。

さて先刻アメリカ郵船は着いたが、米人船医に、君の病気は特殊な熱帯地によくある風土病で、必ず全治するが、アメリカでは疑似天然痘とされてしまい、君を乗せて本船がサンフランシスコに入れば、一週間沖合に停められて検疫を受けることになる、そうすると数千ドルの損害を会社にかけることになるので、船医として乗せるわけにいかない、そのかわり二カ月後再寄港したときに、まだ全治していなかったら無料で乗せてやろう、と言われ、すでに支払った船賃の払い戻しとわずかな見舞金で追い返されたところだ。

こう訳を話すので、カステリは同情し、君のような体の者はこの船が一番だ、毎日裸で潮風に当たっていれば治ってしまうよ、と勧め、潜水夫のポンプ押しに雇ってやった。

ダイバー船はロカマナルを乗せて、昼は真珠貝の採取に、夜は無人島の島陰に休みつつ、三十二日目にホースル港に帰港した。ここでカステリら全員船を下りたが、ロカマナルは皮膚病のために遠慮して一人船に残った。カステリは食物を運んでやり、話をした。自分はここで、採った真珠貝の処分をして約一カ月の休みを楽しんだ後、再び航海に出るが、君は船でも治らないとすると、やはりアメリカへ渡ったほうがいいのかもしれない、ひとつ島内船で最東端の首都へ出て、少し高いがスペイン船で行ってはどうか、スペイン船だったら間違いなく乗せてくれる、私らの貝を買うスペイン商社の人から聞いたのだから嘘じゃない、と言った。ロカマナルは口に溜まった濃を砂の上に吐き出して、わかった、と言い、これまでの好意を深謝した。そこでカステリは彼に、小粒の真珠三個と島内船の切符をやり、翌日四三〇トンというボロ船に乗せて見送った。

数カ月後にそのボロ船が、こちらに向かって手を振る一人のハンサムボーイを下ろしたのには、たまげた。話を聞けば、あれから十七日間かかって（直航すれば五日くらいのところだが、あちらこちらの小港に帰港するため）首都に着いた。体が汚いため他の客がいやがるので、船中では両舷に吊ってある船の中で暮らした。キャンディの缶二個を持ち込んで用便し、夜中にひそかに海中にあけた。食事はほとんど港々でボーイに買ってもらうバナナだけで済ませた。そのバナナがよかったのか、いつしか吹き出物の膿が止まって、首都に着いたときには、かさぶただけが全身に黒々と残っていた。そこでしばらく体力の回復をはかろうと、とある米人の家にガーデンボーイとして住み込んだ。作業は、手押しの芝刈り機で庭の芝生の手入れをすることと、一日三回散水することであった。二カ月ほど毎日数回シャワーを浴びるうちに、顔や手足の水痘の痕のかさぶたが取れ、ようやく人間らしくなってきた。

そして、ロカマナルはこう言うのだった。病が治ったからには、どうしてもやりたいことがあり、これから群雄群がる蛮族の山へ入って行くつもりだ、と。一部始終を聞いたのち、カステリは忠告しないではいられなかった。君はまだ若すぎる、まず土台を作れ、君は頭が良さそうだし、公立学校の夜間部にでも入学して勉強してみてはどうだ、と。しかしロカマナルは「若いからこそ蛮族が柔軟に接してくれる。洞窟の入り口から攻め入ろうとする敵を、ヘビやカエルや魚の毒を塗った矢を千と射て、片っ端から殺す父達のやり方では、こちらが殺られる日がいつかは来る。自分は敵地に飛び込んで《融和と共存》を模索したいのだ」などと夢を語るのだった。今から思えば、何か言い知れない魅力を感じさせる若者だった……。彼は自分と握手をして去っていったが、さあて、あれからどうしたものやら。

「あのときのロカマナルの目が本当に真剣で、何かこう、厳かに輝いていていてね、お嬢ちゃんの目を見たとき彼を思い出して、なんて似ているんだろう、と――」

そう言ってカステリはリミの手を取ろうとしたのだ——

彼の話が気にかかって眠れないでいるリミの耳に、ガササ、ガササ、というかすかな音が聞こえてきた。上半身を起こすと、足を引きずってやってくる男の影が見えた。リミが動かないでいると、男は近づいてきて星明かりの中、辺りを見回し、リミと目があった。それから、少し離れた場所に横になって眠っているマーガレットを認めた。彼はそちらまで行き、脇の下に落ちている札束を見つけて、拾い上げた。彼、カステリはこちらを見ているリミに顔を向け、柔らかな表情でしばし見つめたあと、やってきたと同じ、ガササ、ガササ、と静かな音を立てて去っていった。リミは起き上がり、あと一枚しか残っていない布切れを持って彼の跡を追った。

「まだ血が……」

カステリは大きく息を吸って、差し出された布切れを受け取った。声を低くして、ありがとうありがとう、とリミの手を握った。そして後ろを振り返り、マーガレットが目を覚まして追って来やしないか、と目を凝らした。

「これは本当に私の金なんだよ。全財産なんだ」

そう言いながら、足を引きずって少しずつ進んだ。

「こんなこと、お嬢ちゃんに話してもわかってもらえないだろうけど、今夜駆け落ちする約束の女《ひと》がいてね、約束した場所で待っていたら、彼女の夫が現れたんだ。あわてて逃げたら転んじまって。ところが同時に、すぐ後ろの夫のほうも転んでね、それで彼のナイフが私の足に刺さったんだよ。そこへ約束の女《ひと》が走ってきて夫を制してくれた。その間に逃げて来られたんだが……情けない話さ」

歩調を合わせて歩いていたリミの足が、静かに止まった。闇の中に消えていくカステリを見送り、それからマーガレットの元へ戻っていった。

翌朝、札束のないことに気づいたマーガレットは、リミから事情を聞いて怒り狂った。

「何だと！　盗まれるのを一部始終見ながら、見逃してやっただと！　あほか、おまえは！」

ぶん殴ろうと手を上げたが、痛みにうずくまった。脱臼でもしたんだろうか。ひどい激痛だ。

「なんて馬鹿なことをしてくれたんだ！　おれは必死でおまえを養ってやろうと頑張っておるんだぞ。それを、おまえは何だ！　金が盗まれるのをただ見ておっただと？　なんという間抜けだ！　これから食い物をどうするというんだ。おれだけが働いて、おまえはただ食うだけか？　おれは肩を痛めてまで働こうとしておるんだぞ。全く、いまいましいチキショウめ。よくもおれの親心を踏みにじってくれたもんだな」

殴るに殴れず、肩の痛みにうずくまりながら、恨みつらみを延々と吐き出さずにいられなかった。

マーガレットは後ろにリミを従え、口もきかず、何やら考え事をしながら一日じゅう歩き通した。サガハンシティの郊外に入ったところで、線路を斜めに突っ切り、荒れ地を通って裸山に登った。突き出た岩陰で荷を下ろし、喉を潤す水を求めて出かける気力もなく、そのあたりに毛布を敷いて夜明けまで眠った。

「おまえは幾つになった？」

朝、目が覚めると、マーガレットが尋ねた。

「十二でしょうか」

「十二だと？　嘘をつけ。おまえは十五だ。十五になったのだ。そうだな？」

リミが黙っていると、怒鳴りつけた。

「おまえは十五になったのだ！　十五だと言え！　さっさと言ってみろ！」

「十五になりました」

「よし。今日からおまえを働かせる。おれの言うことを何でも聞くか？」

リミは何の疑念もなくうなずいた。一生懸命働きます、とでも言いそうなうれしげな表情だった。そのあとマーガレットは、腹が減るから寝ていろ、とリミに命じ、わずかなパンくずを岩に溜まった雨水で胃に流し込んで食事を済ませると、一人山を下りていった。

日が傾いてからマーガレットが戻ってきた。あたりが薄暗くなると、自分のマントを子供の頭から被せ、手を引いてサガハンシティの街なかへ下りていった。鉄道の駅前からだいぶ外れた、ホテルとは名ばかりの薄汚れた建物までやってくると、マントをめくってリミの顔を出してやった。

「いいか。何をされてもいやがるな。部屋へ入ったら服を全部脱げ。そして男の言うとおりにするんだ。男というのは客だ。だから大きい声を出してはならんぞ。多少痛くても……すぐ終わる。わかったか」

マーガレットが一番気に入っている、子供の口の端から耳にかけての美しい頬の線が、涙に濡れて月の光に照らし出された。そのあごをつかんで言い聞かせた。

「泣くな、ばか者。年を覚えているか？　十五だぞ。聞かれたら、十五だと言うんだ。繰り返すが、何をされても逆らうんじゃないぞ。よし、ここで待っておれ。すぐ戻る」

ホテルの芝生の一番暗い所に、リミはマントを羽織って一人立たされた。犬の鳴き声、人の笑い声などが風に乗って時おり聞こえてくる。マーガレットは建物の中に入っていき、一人の男を連れて出てきた。

「どこだ？」

「そこに立っていますぜ、だんな」

その卑しい声はマーガレットのものだった。リミからマントをはぎとって、男に差し出した。

「なんだ、子供じゃないか」

「だから、十五になったと言ったでござんしょ」

男は近づいていき、子供の顔を仰向けさせた。

「これが十五だと？　八つのねんねに見えるぞ」

「このところ栄養失調なもんで、そう見えるか知れやせんが、これは《リムのおなご》ですぜ。今はめったにお目にかかれなくなったリムの」

男はもう一度上から下へ子供を見回して、やおら踵を返した。

「話にならん」

男はホテルの中に消え、マーガレットは芝土を蹴り上げた。しばらくその場に立ち尽くしたのち、男の目になってリミを見直してみた。長い間の粗食でカリカリにやせ細った体には、色気というものがない。あどけない瞳ばかりが目立つ青白い顔は、男心を誘うふくよかさなどとは縁遠い。これでは、変態でも探して来ねばなるまい。マーガレットは方針を変え、もう一度待っておれ、とリミに命じて、ホテルの外の通りに出ていった。リミは落ちているマントを拾い上げて羽織り、そこにうずくまった。やがてマーガレットが連れてきたのは、五十をとっくに過ぎたような前かがみの男だった。男はやってきて、よしよし、と言いながらしゃがんだ。マントをはぎとって立たせ、小さな体に汚れた手をかけた。

「こりゃ、いい子だわい」

臭い息を吐きかけながら顔を近づけ、唇を探し当てた。リミはたじろいだが、体を抱きしめられ、頭を押さえられていて、身動きが取れない。ぬめった舌の先が中に入ってきたと思うと、たちまち口いっぱいに侵入してきた。それはじっとしていずに、ぬるぬると落ち着かなく動き、吸い上げたりすぼんだり、奥を探ってかき回したりした。その間に袖なし服の前ボタンが一つ一つ外されていく。舌の力がおろそかになったほんのわずかな隙をついて、リミはやっと頭を後ろにのけぞらせることができた。唇が音を立てて離れ、宙に突き出た男の長い舌が、一瞬月光に照らし出された。それを見たマーガレットは、かろうじて吐き気を抑えた。

「これこれ、恥ずかしがりなさんな。どれどれ、体を見せてごらん」

残りのボタンが外され、じっとり湿った男の生温かい手が素肌に触れる。リミはぞくっとして両ひざを折ってしまった。それでもなお男の手は痩せた胸をまさぐって動き、胴体へ、腰へと下りていった。それは手足を捻り上げたり口の中を傷つけるマーガレットの乱暴な手とは全く異質で、ある特殊な目的をもって一途に追うウェリの手とそっくりだった。

「じゃ、前払いで願いますぜ、だんな」

その言葉を聞いて男は子供の体から手を抜き、首を振りながら立ち上がった。

「いやいや、いくら若好みのわしでも、これでは青過ぎる。十五は嘘だろう。せいぜい十になったかならんかだ。やめとくよ」

男は老人臭く立ち上がり、行ってしまった。子供は胸をはだけたしどけない姿で、両手を芝生についていた。

「くそっ、この役立たずめ！」

マーガレットは子供を蹴り上げた。

「お姉様」

体を起こしながら、三たび男を探しにいこうとするマーガレットを呼びとめた。

「ほかのことなら何でもしますから――雑回りでも何でもして働きますから――ですから、こんなことは、どうか……どうか、お許しください」

雑回りというのは、一軒一軒訪ね歩いては、その家の雑用をし、ときには白髪を抜いたり蚤を取ったり、肩や腰や足をもんだりする仕事で、非人の間でも最も下級の仕事とされる。主に幼くて不器量な蛮族の娘達が、主人の命令で出稼ぎのように働きに出されていた。マーガレット屋敷にもたびたび来て、マーガレットの気が向く場合以外は、たいてい追い払われたものだ。

「黙れ！　つべこべ言わずに、言う通りにするのだ」

「こんなことをされるくらいなら、鞭で打たれたほうがましです」

「おまえを鞭打って金になるなら、いくらでも打ってやる」

「また男の方を連れていらしたら……今度は逃げます」

「ならぬ！　奴隷のくせに、なぜそんなに体を惜しがる。よく考えるがいい。本来ならば、とっくに汚れているものだ」

リミにどう返事ができただろうか。

「おとなしくマントを着て待っておれ」

そう言うと、たった今ガヤガヤとホテルに入っていった一団を、急いで追いかけていった。

「だんな方。いま、いい娘がいるんでさ。少々若いが、そんじょそこらにない上物でして。どなたか、若い少女好みのお方はいやしませんかね？」

リミは服のボタンをはめ、マントをたたんで芝草の上に置いた。それから悲しみに瞳を潤ませて、ホテルの裏手の小暗い藪の中へ入っていった。聞くに堪えないおぞましい駆け引きを、後ろに聞きながら。

「若いって、幾つだ？」

「それがですぜ、見かけが小柄なんで、まあ、ええ、十五、いや、十四と思ってくださりゃ間違いはねえってとこでして」

「いいねえ、十四、五。夢見る花のつぼみだね」

藪を越えて、リミは樹木の匂いのする方角へ走り出した。

〈さようなら、お姉様。お一人なら、堂々と生きていらっしゃれるでしょう。私は神様の所へ行きます……〉

言田　みさこ（いいだ　みさこ）

1949年生まれ。神奈川県出身。女子大中退。著書『そよ風と風船』。

白夢の子　上巻

2020年8月29日　初版第1刷発行

著　　者　言田みさこ
発 行 者　中 田 典 昭
発 行 所　東京図書出版
発行発売　株式会社 リフレ出版
〒113-0021　東京都文京区本駒込 3-10-4
電話 (03)3823-9171　FAX 0120-41-8080
印　　刷　株式会社 ブレイン

ISBN978-4-86641-341-9 C0093
Printed in Japan 2020